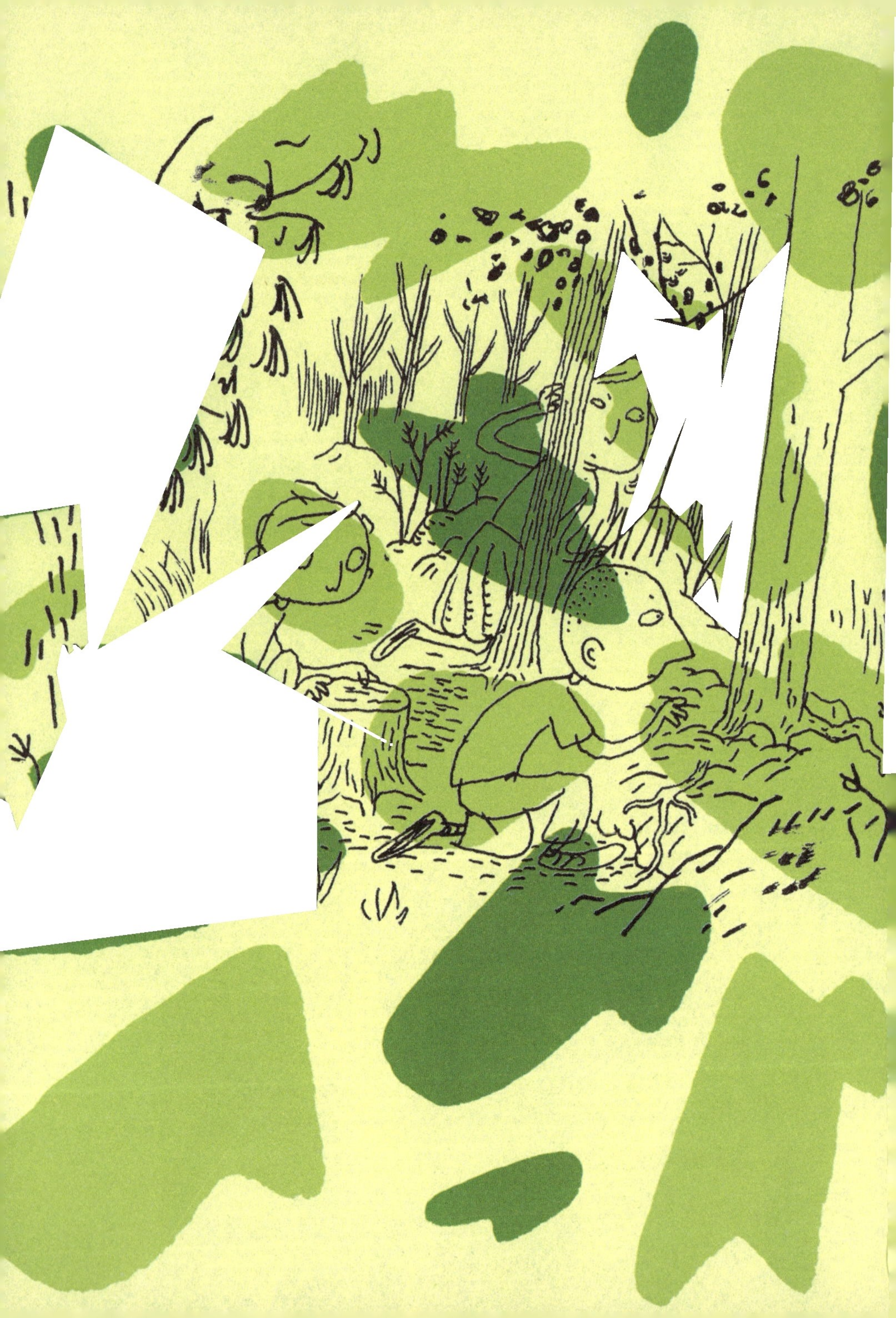

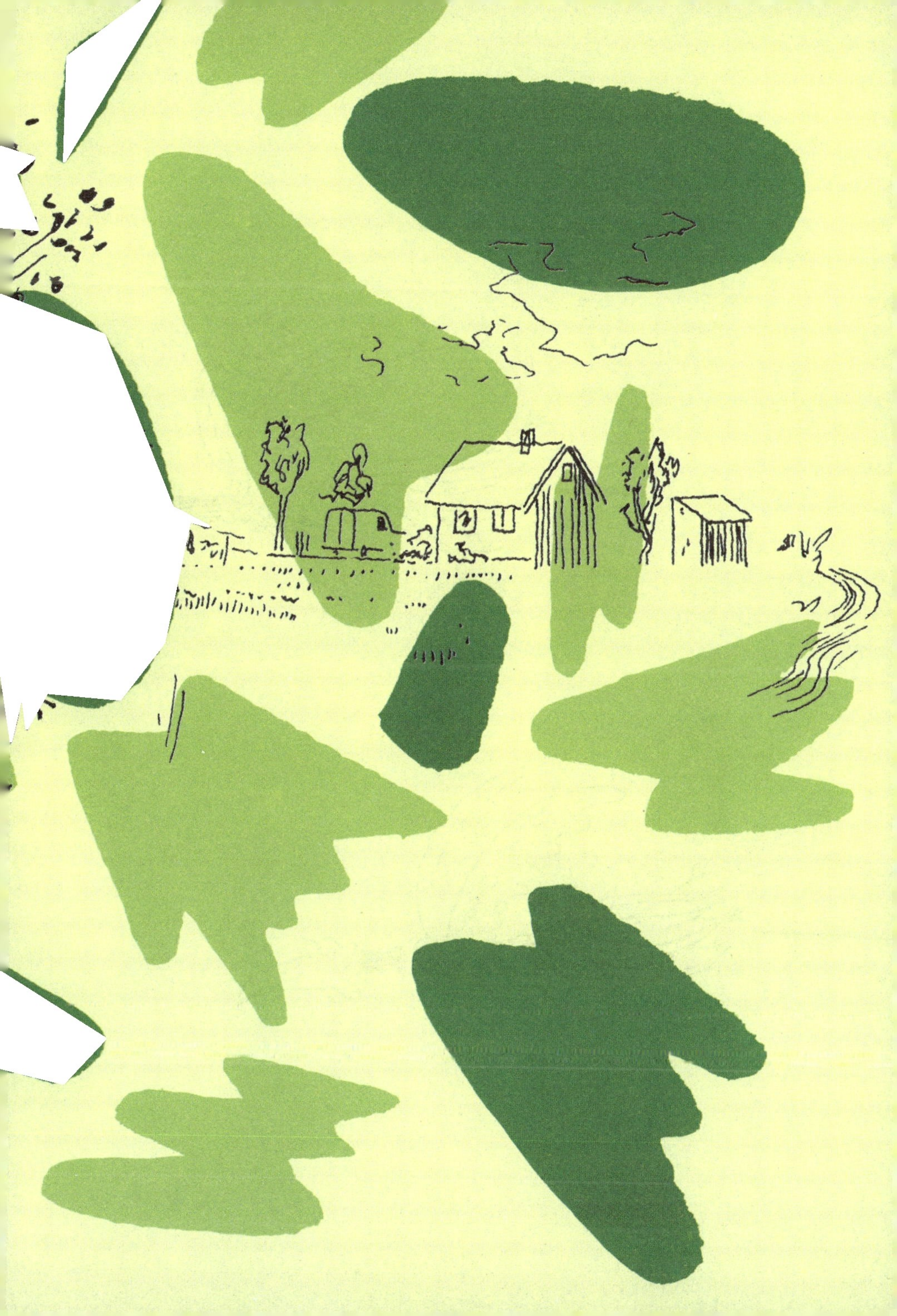

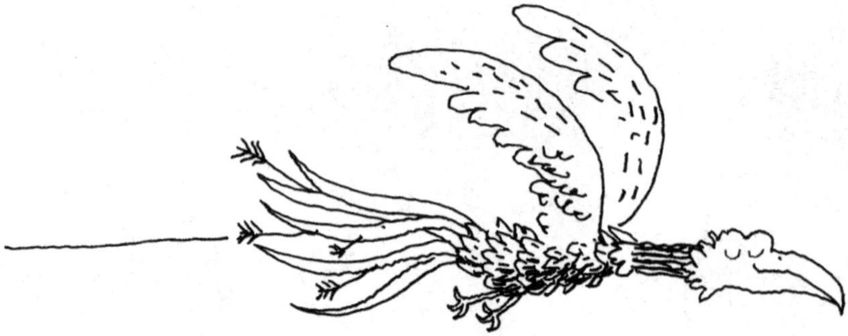

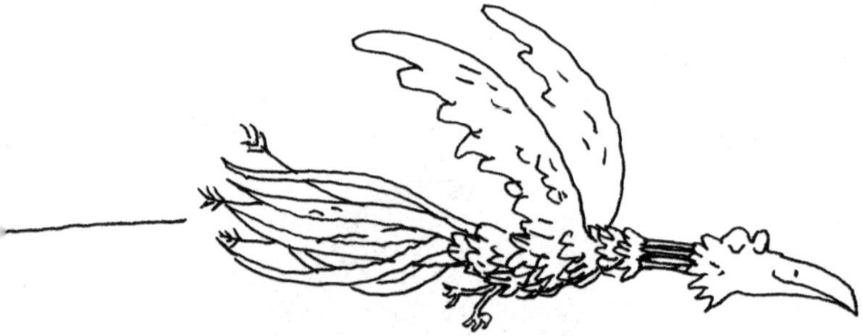

国际大奖小说·读行侠

# 黑色侠

国际大奖小说《棕色侠》续集

[挪威] 哈康·俄雷奥斯 / 著
[挪威] 俄温·托斯特 / 绘
李菁菁 / 译

天津出版传媒集团
新蕾出版社

图书在版编目（CIP）数据

 黑色侠/(挪)哈康·俄雷奥斯著;(挪)俄温·托斯特绘;李菁菁译.--天津:新蕾出版社,2019.1
 (国际大奖小说·读行侠)
 ISBN 978-7-5307-6760-3

 Ⅰ.①黑… Ⅱ.①哈…②俄…③李… Ⅲ.①儿童小说-中篇小说-挪威-现代 Ⅳ.①I533.84

中国版本图书馆 CIP 数据核字(2018)第 240077 号

Original title: SVARTLE
Copyright © Gyldendal Norsk Forlag AS 2015
Simplified Chinese translation copyright © 2018 by New Buds Publishing House (Tianjin) Limited Company
This translation has been published with the financial support of NORLA
ALL RIGHTS RESERVED
津图登字:02-2016-16

| 书　　名 | 黑色侠 HEISE XIA |
|---|---|
| 出版发行 | 天津出版传媒集团<br>新蕾出版社 |

http://www.newbuds.cn

| 地　　址 | 天津市和平区西康路 35 号(300051) |
|---|---|
| 出 版 人 | 马梅 |
| 电　　话 | 总编办(022)23332422<br>发行部(022)23332679　23332677 |
| 传　　真 | (022)23332422 |
| 经　　销 | 全国新华书店 |
| 印　　刷 | 北京中科印刷有限公司 |
| 开　　本 | 880mm×1230mm　1/32 |
| 字　　数 | 45 千字 |
| 印　　张 | 6.5 |
| 版　　次 | 2019 年 1 月第 1 版　2019 年 1 月第 1 次印刷 |
| 定　　价 | 32.00 元 |

著作权所有,请勿擅用本书制作各类出版物,违者必究。
如发现印、装质量问题,影响阅读,请与本社发行部联系调换。
地址:天津市和平区西康路 35 号
电话:(022)23332677　邮编:300051

# 前 言

## 一辈子的书

梅子涵

## 亲近文学

一个希望优秀的人,是应该亲近文学的。亲近文学的方式当然就是阅读。阅读那些经典和杰作,在故事和语言间得到和世俗不一样的气息,优雅的心情和感觉在这同时也就滋生出来;还有很多的智慧和见解,是你在受教育的课堂上和别的书里难以如此生动和有趣地看见的。慢慢地,慢慢地,这阅读就使你有了格调,有了不平庸的眼睛。其实谁不知道,十有八九你是不可能成为一个文学家的,而是当了电脑工程师、建筑设计师……可是亲近文学怎么就是为了要成为文学家,成为一个写小说的人呢?文学是抚摸所有人的灵魂的,如果真有一种叫作"灵魂"的

东西的话。文学是这样的一盏灯,只要你亲近过它,那么不管你是在怎样的境遇里,每天从事怎样的职业和怎样地操持,是设计房子还是打制家具,它都会无声无息地照亮你,使你可能为一个城市、一个家庭的房间又添置了经典,添置了可以供世代的人去欣赏和享受的美,而不是才过了几年,人们已经在说,哎哟,好难看哟!

谁会不想要这样的一盏灯呢?

## 阅读优秀

文学是很丰富的,各种各样。但是它又的确分成优秀和平庸。我们哪怕可以活上三百岁,有很充裕的时间,还是有理由只阅读优秀的,而拒绝平庸的。所以一代一代年长的人总是劝说年轻的人:"阅读经典!"这是他们的前人告诉他们的,他们也有了深切的体会,所以再来告诉他们的后代。

这是人类的生命关怀。

美国诗人惠特曼有一首诗:《有一个孩子向前走去》。诗里说:

有一个孩子每天向前走去,

> 他看见最初的东西,他就变成那东西,
>
> 那东西就变成了他的一部分……

如果是早开的紫丁香,那么它会变成这个孩子的一部分;如果是杂乱的野草,那么它也会变成这个孩子的一部分。

我们都想看见一个孩子一步步地走进经典里去,走进优秀。

优秀和经典的书,不是只有那些很久年代以前的才是,只是安徒生,只是托尔斯泰,只是鲁迅;当代也有不少。只不过是我们不知道,所以没有告诉你;你的父母不知道,所以没有告诉你;你的老师可能也不知道,所以也没有告诉你。我们都已经看见了这种"不知道"所造成的阅读的稀少了。我们很焦急,所以我们总是非常热心地对你们说,它们在哪里,是什么书名,在哪儿可以买到。我就好想为你们开一张大书单,可以供你们去寻找、得到。像英国作家斯蒂文生写的那个李利一样,每天快要天黑的时候,他就拿着提灯和梯子走过来,在每一家的门口,把街灯点亮。我们也想当一个点灯的人,让你们在光亮中可以看见,看见那一本本被奇特地写出来的书,夜晚梦见里面的故事,白天的时候也必然想起和流连。一个孩子一天天地向前走去,长大了,很有知识,很有技能,还善良和有诗意,语言斯文……

同样是长大,那会多么不一样!

## 自己的书

优秀的文学书,也有不同。有很多是写给成年人的,也有专门写给孩子和青少年的。专门为孩子和青少年写文学书,不是从古就有的,而是历史不长。可是已经写出来的足以称得上琳琅和灿烂了。它可以算作是这二三百年来我们的文学里最值得炫耀的事情之一,几乎任何一本统计世纪文学成就的大书里都不会忘记写上这一笔,而且写上一个个具体的灿烂书名。

它们是我们自己的书。合乎年纪,合乎趣味,快活地笑或是严肃地思考,都是立在敬重我们生命的角度,不假冒天真,也不故意深刻。

它们是长大的人一生忘记不了的书,长大以后,他们才知道,原来这样的书,这些书里的故事和美妙,在长大之后读的文学书里再难遇见,可是因为他们读过了,所以没有遗憾。他们会这样劝说:"读一读吧,要不会遗憾的。"

我们不要像安徒生写的那棵小枞树,老急着长大,老以为自己已经长大,不理睬照射它的那么温暖的太阳光和充分的新鲜空气,连飞翔过去的小鸟,和早晨与晚间飘过去的红云也一点儿都不感兴趣,老想着我长大了,我长大了。

"请你跟我们一道享受你的生活吧!"太阳光说。

"请你在自由中享受你新鲜的青春吧!"空气说。

"请你尽情地阅读属于你的年龄的文学书吧!"梅子涵说。

现在的这些"国际大奖小说"就是这样的书。

它们真是非常好,读完了,放进你自己的书架,你永远也不会抽离的。

很多年后,你当父亲、母亲了,你会对儿子、女儿说:"读一读它们,我的孩子!"

你还会当爷爷、奶奶、外公和外婆,你会对孙辈们说:"读一读它们吧,我都珍藏了一辈子了!"

一辈子的书。

# 目录
## 黑色侠

**1** "间谍"游戏 ········ **1**

**2** 愤怒的黄瓜 ········ **40**

**3** 冠军母鸡 ········ **67**

**4** 谁的鞋带? ········ **94**

# 目录
## 黑色侠

**5** 深夜行动 ………… **123**

**6** 华夫饼是热的! ………… **134**

**7** 记者来访 ………… **168**

**8** 尾声 ………… **182**

## "间谍"游戏

阿特勒的爸爸在打扫家里车库的时候，收拾出了四袋空瓶子。阿特勒得到了这四袋空瓶子，他可以把它们拎到商店的回收站去换成钱，然后那些钱就归他自己了。于是，这个星期六的早晨，阿特勒拎着那四袋空瓶子穿过地下通道，走在去商店的路上。他一边走一边在想，一会儿要用换来的钱买哪种糖果吃。他两手紧紧地攥着装瓶子的袋子，手指被沉甸甸的袋子勒出了一条条红白相间的印子。

商店的经理站在商店门口，正弯着腰把包裹报纸的塑料袋拆开。他外套上的兜帽耷拉在他乱蓬蓬的头发下面。

"快来看看这只母鸡！"当商店经理看到阿特勒的时候，立刻朝着他喊道，"这是咱们镇长的母鸡，最漂亮的母鸡！"

但是,商店经理和阿特勒隔着半条马路那么远,阿特勒根本听不清他在说些什么。当阿特勒走到商店经理身边时,看到他举起了一份报纸,报纸上登了一张大大的照片。照片上的人是镇长先生,看上去笑得很开心。他的手里抱着一只母鸡,胸前还挂着一枚金牌。

"它得了金牌!"商店经理举着报纸说,"这可是一只货真价实的冠军母鸡!"

"我把这些空瓶子送来回收。"阿特勒说,"应该能换到一百克朗吧?"

"如果咱们有一只这么漂亮的母鸡,那就发财了。"商店经理继续兴致盎然地说,"别说一百克朗了,这个奖的奖金肯定有好几千克朗呢!"

"噢!"阿特勒也吃了一惊。

商店经理一直站在原地仔细地看着那则报道,看了很久才把报纸放回报纸架上。

"你不用数瓶子了吗?"阿特勒问。

"我当然要数啦。"商店经理说。这时,一辆黑色的轿车开过来,停在商店门口。一位穿着红色礼服和高跟鞋的生活在你身边的八卦新闻！

# 胡尔巴克新闻

## 尖嘴获奖者

对镇长而言，在不久的将来，他将不再需要"锦上添花"了。本周五的全国博览会上，他的那只最美丽的母鸡为他收获了一枚金牌。

"我现在骄傲得如同一只'公鸡'！"镇长在接受采访时说。

**福勒商店**
出售水果和香烟

**特价！特价！特价！**
遮阳棚半价！

**工作时请穿裤子**
——"我睡过头了，忘记穿裤子了。"
古纳尔（78岁）说。

**开出租车去瑞典买比萨饼**
——"我饿急了。"
泰利耶（55岁）说。

**培根会使人变聪明！**
疼了！

女士从车里下来，径直走进了商店，一眼都没有看商店经理和阿特勒。这辆车的车窗也是黑色的，所以阿特勒看不到车里面坐着的人。很快，那位女士又从商店里走了出来。

"这里没有人上班吗？"她问。

"有！"商店经理马上回答。

他一边用手梳理了一下自己的头发，试图把它们捋顺，一边快步跟着那位女士走进了商店。

阿特勒本想提着袋子跟进去，但是其中一个袋子的提手突然断了，瓶子散落一地，一个棕色的瓶子还滚到了那辆车底下。阿特勒赶紧把其他瓶子都捡了起来，重新装回袋子里。而为了能够到那个滚到车底下的瓶子，他不得不趴在地上，把手使劲往车底伸。等他终于够到那个瓶

子,重新站起来的时候,那辆车的车窗突然摇了下来,一个女孩正坐在车里看着阿特勒。阿特勒被吓了一跳,向后退了一大步,却又不小心被绊倒,一屁股坐在了地上,他手里的袋子也没抓牢,瓶子再次散落一地。他抬起头看着那个女孩,她的嘴里在快速地嚼着口香糖,一头黑发闪闪发亮,但表情看上去很生气。阿特勒转过身去,觉得自己的脸很烫,心脏狂跳不止。

"你在我们的车下面做什么呢?"女孩问。

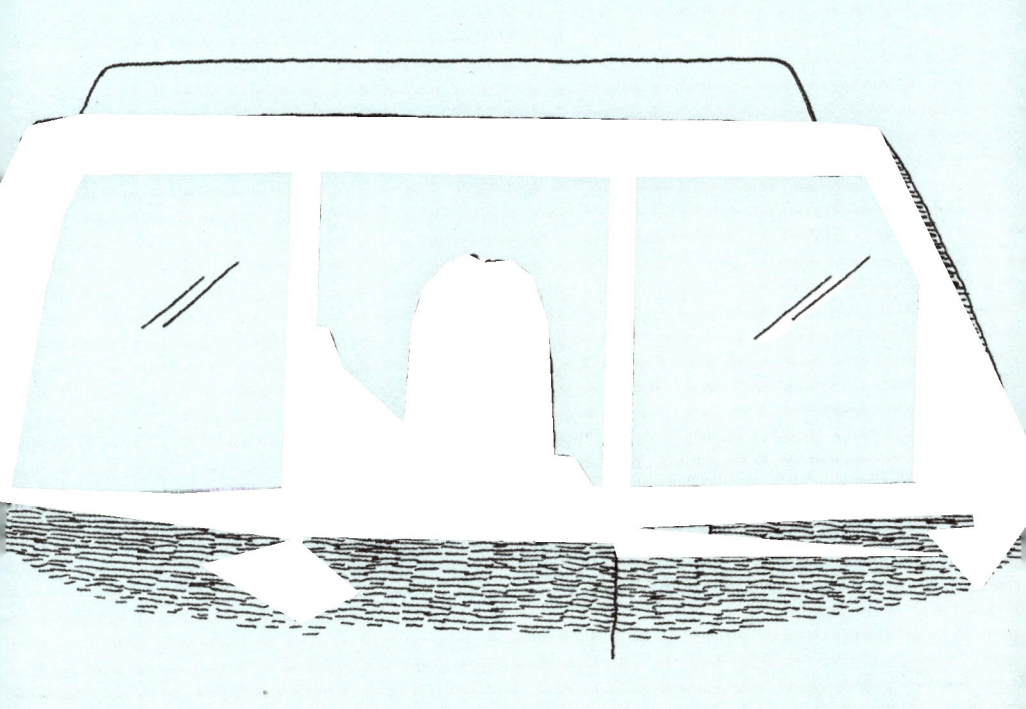

阿特勒清了清嗓子,觉得有点儿口干舌燥,一时间发不出声音了。

"你不会说话吗?"女孩翻了个白眼,接着问道。

"瓶子。"阿特勒用别人几乎听不到的、最小的声音说。

女孩从嘴里吹出一个巨大的泡泡。阿特勒站在原地,看着那个泡泡不断变大,直到爆开,一下子贴在了女孩的嘴唇上。

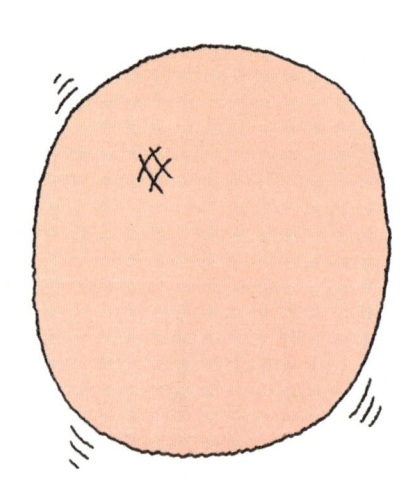

"你非得这么盯着我看吗?"女孩问。

阿特勒赶忙把目光转到一边,然后把瓶子一个个地重新捡起来。他听到女孩又吹响了一个泡泡。

"这些瓶子可以回收,能换回好几百克朗。"阿特勒说。

女孩不以为然地哼了一声。

这时,刚才进去的那位女士从商店里面走了出来,手里提着装满了食品的袋子。她把袋子放进车的后排座位上,然后重新上了车。车窗被摇了上去,女孩的脸消失在黑色的玻璃窗后,车疾驶而去。

商店经理一边捋着头发一边走了出来。他重新整理了一下架子上的报纸,然后对阿特勒说:"来吧,让我们来数数你的瓶子。"

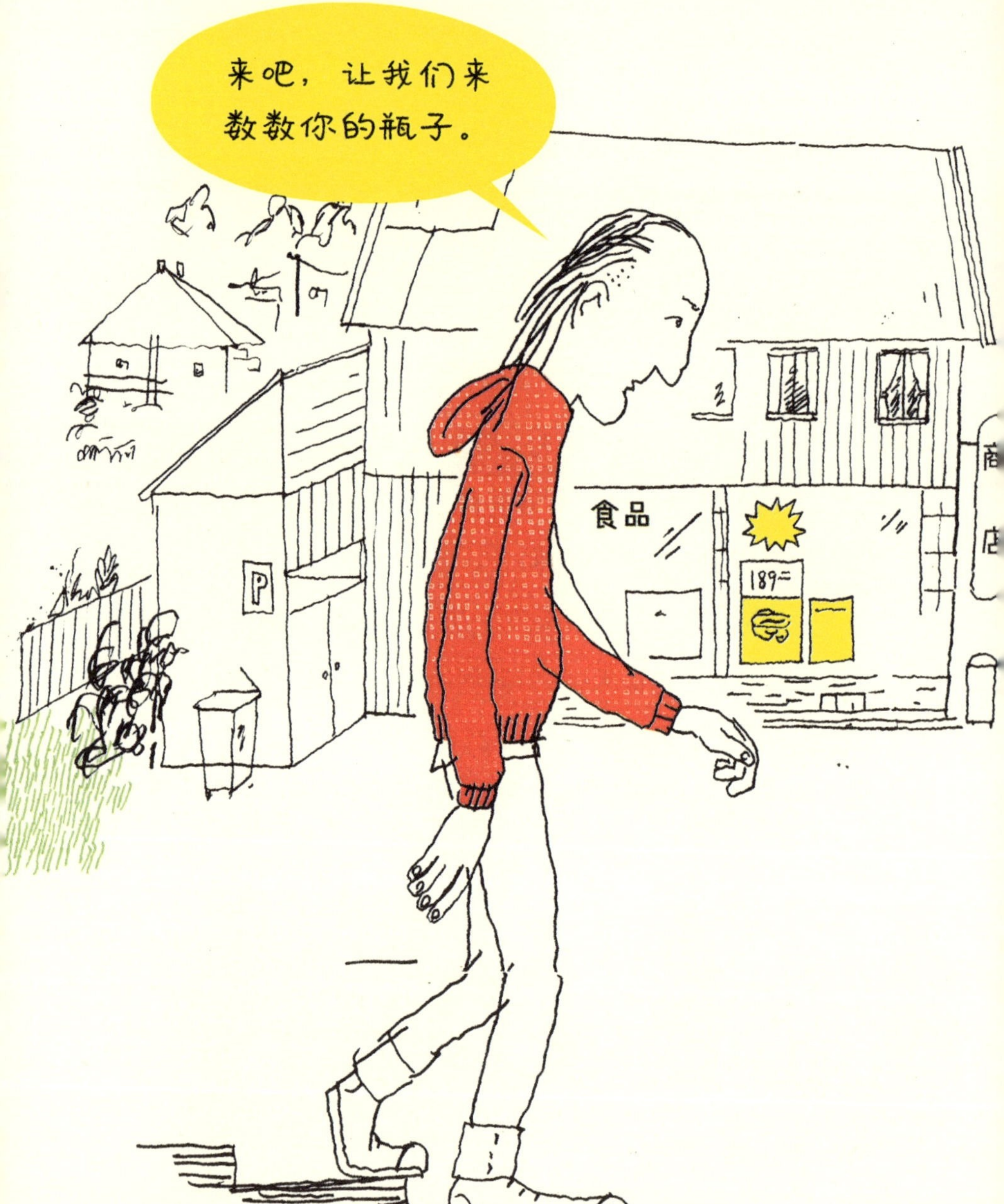
来吧，让我们来
数数你的瓶子。
食品
189=
商
店

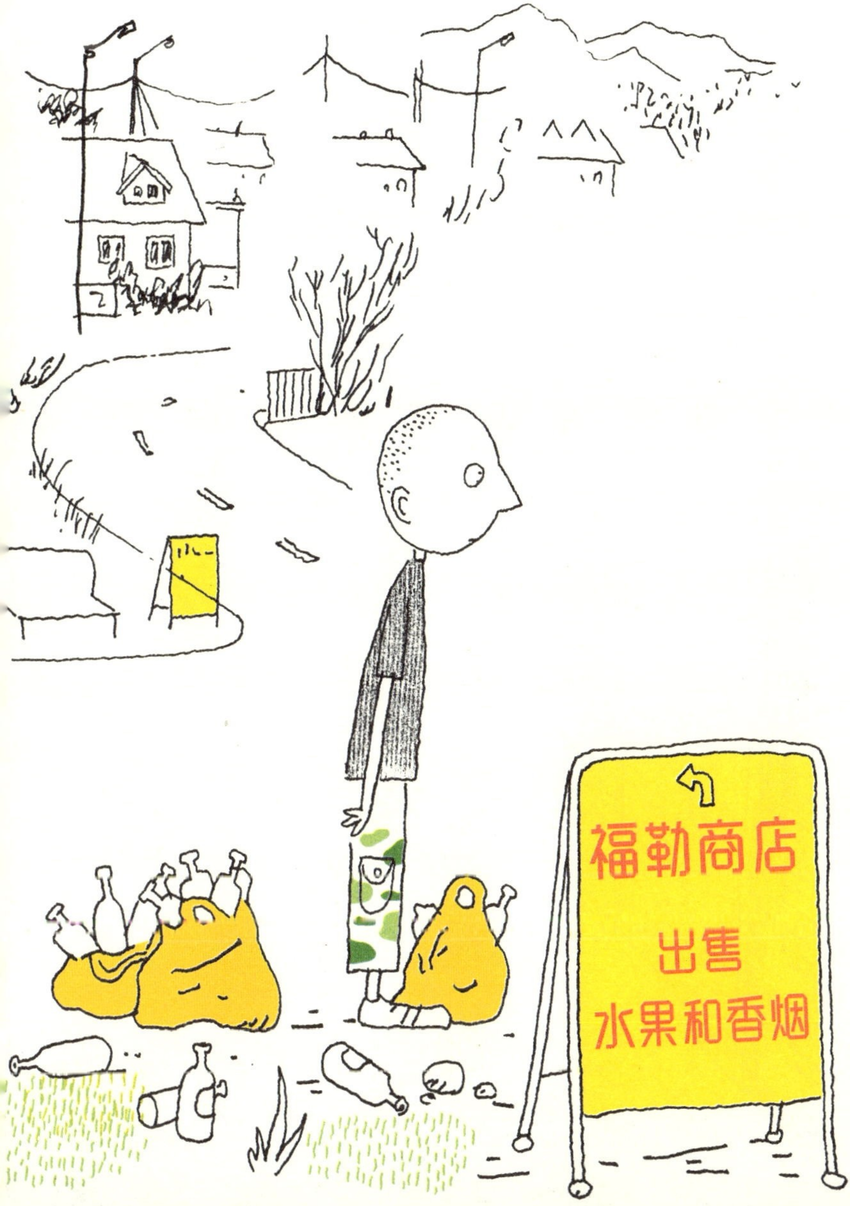
福勒商店
出售
水果和香烟

第二天一早,妈妈在楼下喊阿特勒下楼,说奥丝来家里找他了。虽然还没有完全清醒过来,但是阿特勒迅速穿好衣服,揉着眼睛冲下了楼梯。奥丝正坐在厨房里等他,当她看到阿特勒那疲惫的样子时,哈哈大笑了起来,阿特勒都可以清楚地数出来她已经换了多少颗牙。

阿特勒的妈妈给奥丝沏了一杯热巧克力。

"我也想来一杯热巧克力。"阿特勒说。

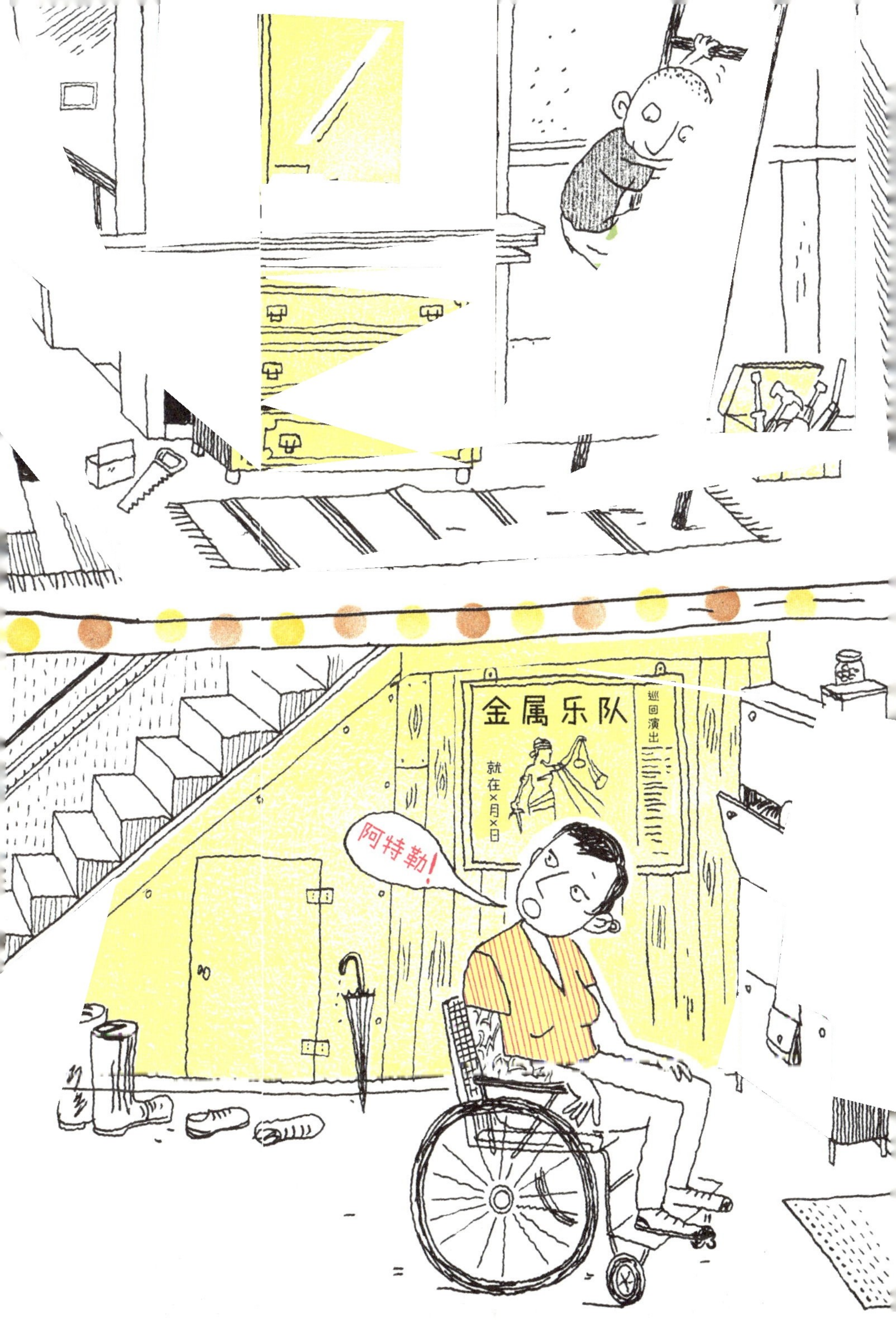
金属乐队
巡回演出
就在×月×日
阿特勒!

"你可没时间喝热巧克力了。"奥丝说,"有人搬进那座老面包房了!"

"出门之前你必须吃点东西。"妈妈说。

这时,桌子下面有什么东西发出了声音。那是奥丝带过来的一个袋子,声音就是从袋子里面传出来的。

"哎呀,这个怎么这么吵呢?"奥丝说。

她从袋子里面拿出了一个对讲机,拧了拧上面的一个旋钮。

"这是你的对讲机吗?"阿特勒问。

"是我姐姐给我的。"奥丝说,"但是它们特别不好使,再这么响下去我就要耳鸣了!"

"我看看。"阿特勒说。

"不急。"奥丝说,"我们现在必须去找小宗开会。"

"我得先吃早餐。"阿特勒说。

"但是我们没有时间了。"奥丝说,"我们必须得去暗中调查一下新搬来的那家人的情况。"

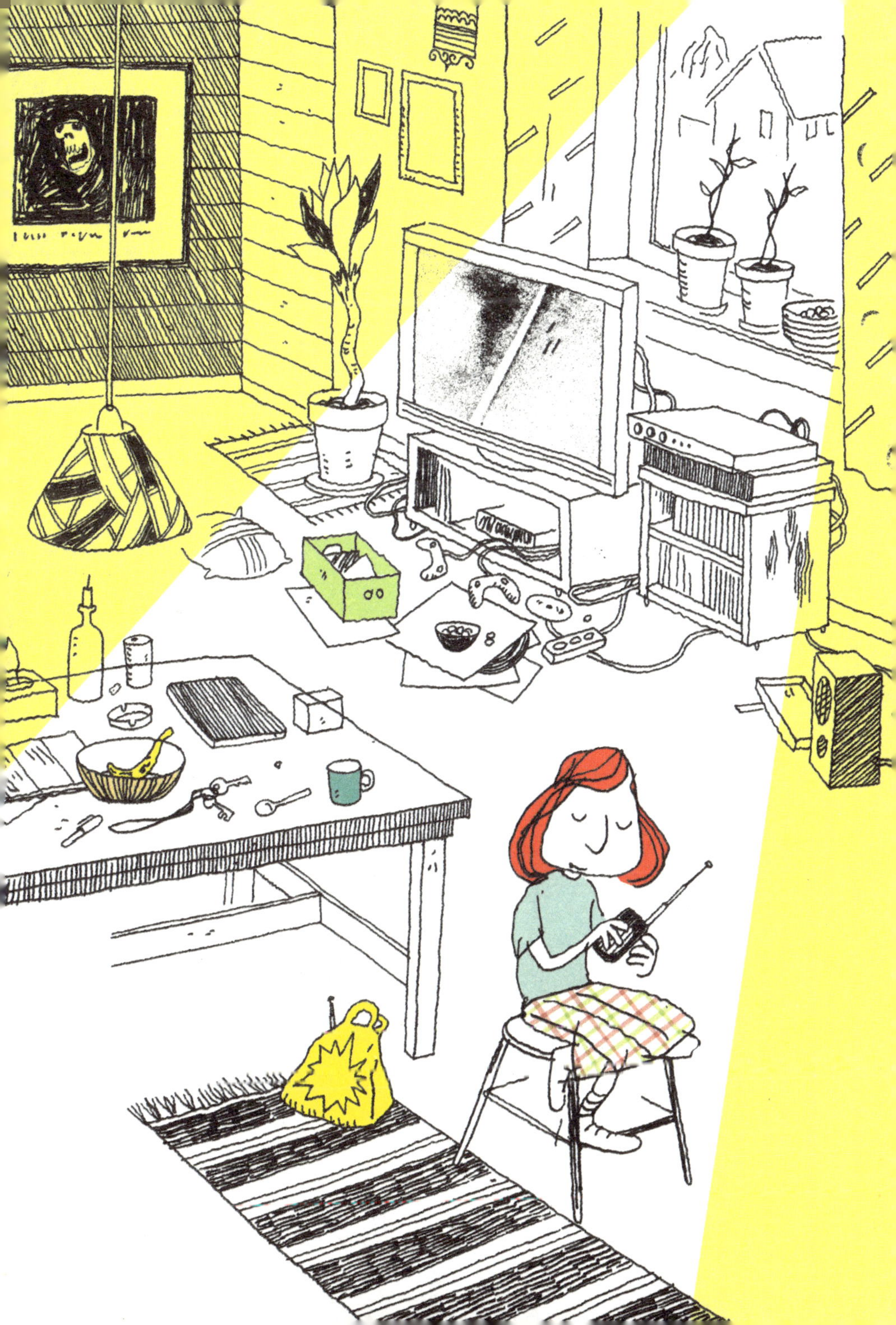

不一会儿，阿特勒和奥丝来到了小宗家的门口，阿特勒的手里还拿着两片没有吃完的面包。奥丝按了门铃，在门口焦急地等待着。当小宗打开门，蹲在门廊里面系鞋带的时候，小宗的爸爸从门后探出脑袋来看着他们。

"你们这是要去飞行吗？"他打趣地问。

"我们不能飞。"小宗说,"我们又不是什么超级英雄。"

阿特勒和奥丝听到他的话后咯咯地笑了起来,小宗的爸爸不解地看着他俩。

"我是想问你们是不是要出去玩。"他说。

"我们要去做'间谍'。"奥丝一边说,一边拿出口袋里的对讲机展示给小宗的爸爸看,它们现在已经不响了。

"这听上去真有趣!"小宗的爸爸说,"我觉得还有一样东西你们肯定用得着!"

说完,他快步走回客厅,然后很快又走了出来,手里还拿着一个望远镜。他把它挂在了小宗的脖子上。

"没有望远镜可做不了间谍。"他说。

"谢谢您。"奥丝开心地说。

小宗的爸爸很绅士地冲他们鞠了一躬,然后走回屋里去了。

"我家里也有望远镜。"阿特勒对小宗说,"有二十多个呢。"

"那我们应该去你家一趟,我们每个人都应该配一个望远镜。"奥丝说。

"那可不行。"阿特勒连忙说,"没有人用过那些望远镜。"

"我们要去调查什么人?"小宗问。

"这正是我们要调查的内容。"奥丝说。

小山坡上落满了金黄色的秋叶,它们仿佛照亮了通往森林的路。奥丝说的那座老面包房就在这条路前方不

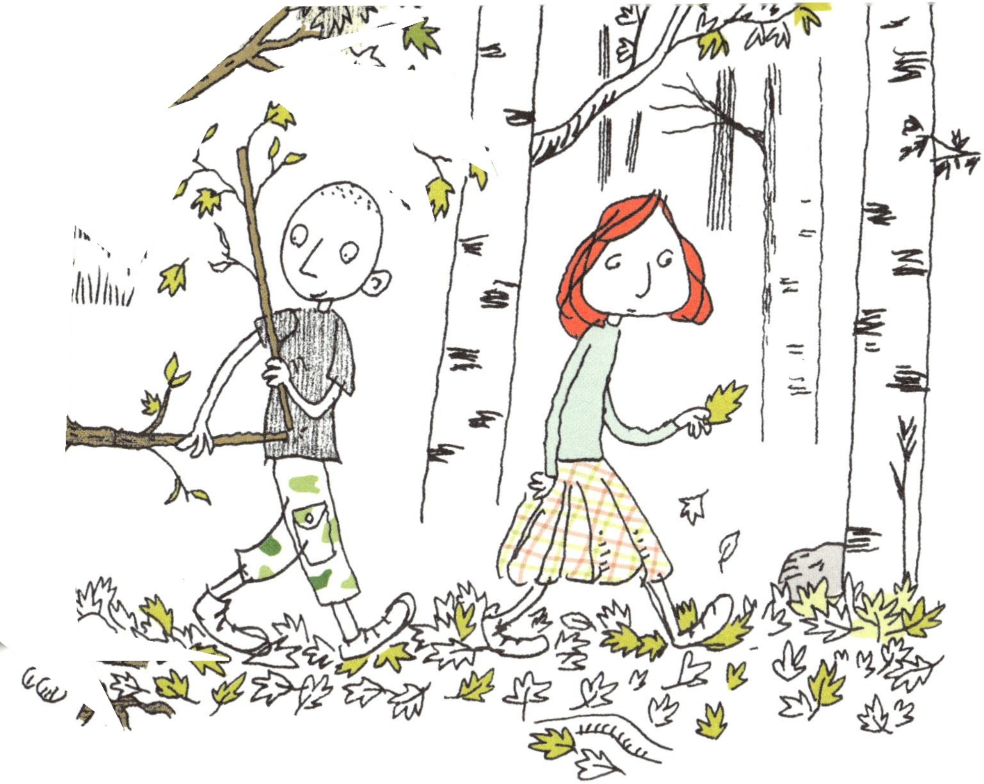

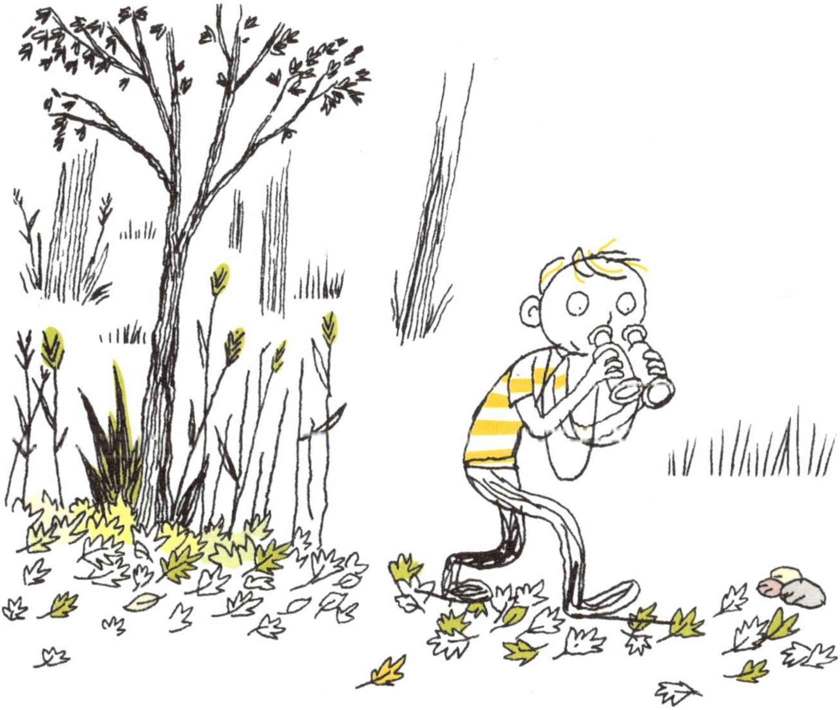

远处。小宗一边走一边用望远镜察看着前面的情况。阿特勒不知从哪儿找来了一根长长的棍子,用手举着在空中不停地挥舞着。

"我妈妈告诉我,那座老面包房前面停了一辆搬家公司的车。"奥丝说,"车里面还放着一架钢琴。"

"钢琴?到底是谁要搬进去?"阿特勒问。

"他们把面包房改造成了可以住的地方。"奥丝说,"当然是人要搬进去了。"

"我们不也是人吗?"小宗说,"这么看来,其实也没有

什么神秘的。"

"是没有什么神秘的,但是我长大以后要做一名私家侦探,"奥丝说,"所以现在我必须要好好练习自己的'谍战'能力,我得能发现一般人发现不了的东西。"

"我外公曾经就是一名间谍。"阿特勒得意地说,"有一次,他被敌人俘虏之后,是从下水道逃出去的。"

"是吗?"奥丝皱了皱眉头,说,"那我还是不要做间谍了。"

三个人在树林里面停了一会儿,然后悄悄地来到那座老面包房前。远远看去,老面包房就像是一个用乐高堆建起来的、巨大的玩具屋。奥丝看到小宗的头上有刚刚经过树林时落在上面的松针,像是突然想起了什么,扭头又走进了树林。当她回来的时候,手中多了几根松树枝。

"你在干什么?"小宗问。

"我们不能被别人发现。"奥丝说着,把一根松树枝插在了小宗的头上。

"这扎得我很疼啊!"小宗说。

"我们绝不能做胆小鬼。"奥丝说,"你觉得当阿特勒的外公被东西扎到的时候,他也会疼得哇哇乱叫吗?"

说完,她冲着阿特勒微微一笑。于是,阿特勒主动接过奥丝手中的松树枝,把它们塞进了自己脖子后面的毛衣里。从前面看,他身上好像背了一把打开的雨伞。

"好吧,只是有点儿痒。"小宗耸了耸肩说。

三个人趴在老面包房侧面的一处高坡上,这么一来,面包房里的人就不会看见他们了。不过,这个地方很潮湿,阿特勒能感觉到水正渐渐地从他的膝盖和胳膊下面渗上来。远远望去,三个人就像是刚从地里长出来的三丛小灌木,其中"一丛"的上面还挂了个望远镜。小宗趴在最

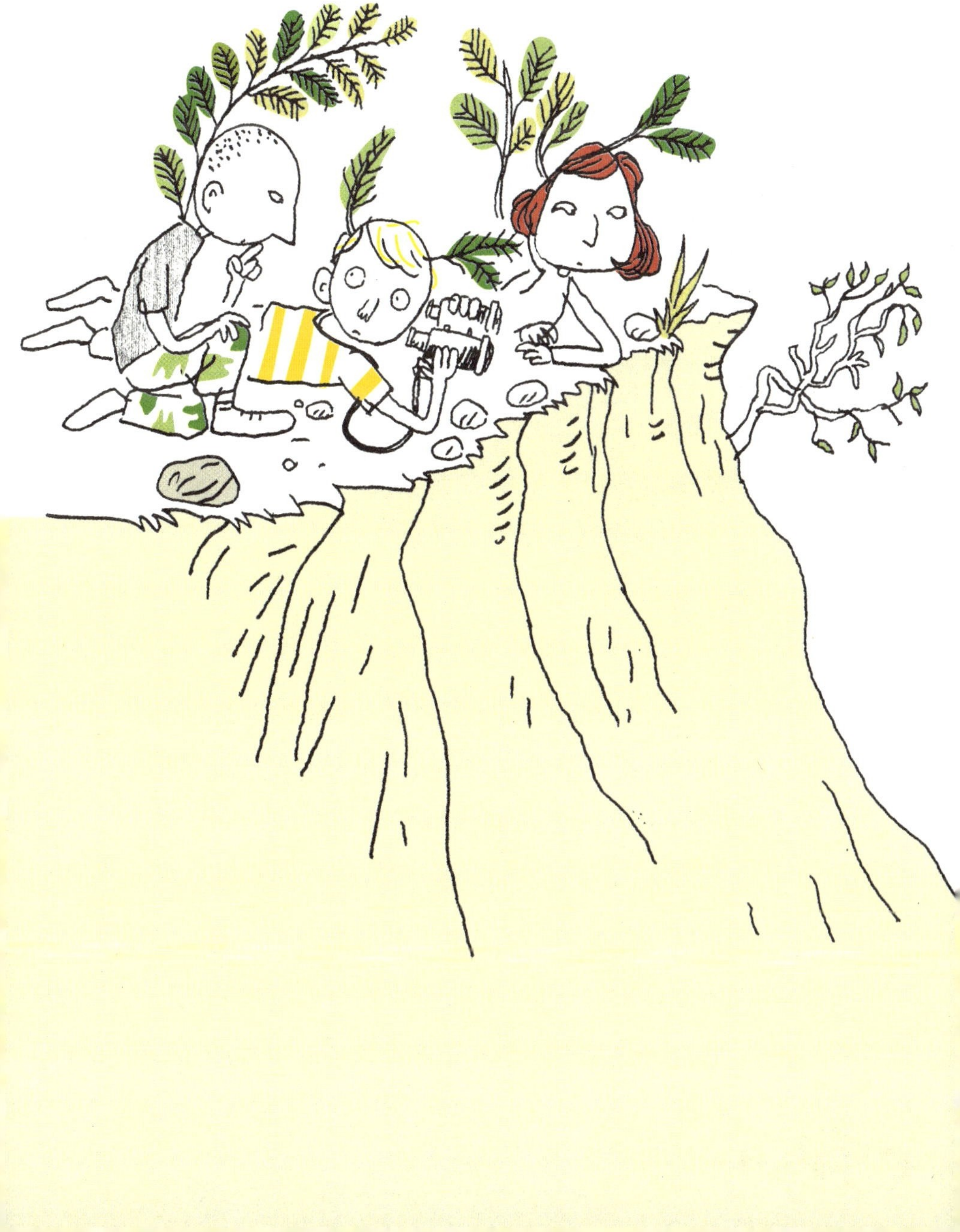

前面的位置上,目不转睛地盯着老面包房紧闭着的大门。

"你看到什么人了吗?"奥丝拉了拉望远镜的绳子,问小宗。

"没看到什么人。"小宗说,"我只看到很多的纸箱子。"

"我觉得他们应该是一群小偷儿!"阿特勒说,"我听说过,小偷儿不会把自己的家布置得很温馨很舒服,以防自己哪天被抓进监狱之后会太想家。"

"这是我听到过的最奇怪的说法。"奥丝说,"大家都愿意住在舒服的地方。"

"可能他们是吸血鬼。"小宗说。

"吸血鬼?"奥丝扑哧一声笑了,"这比说他们是小偷儿还要离谱儿。"

"因为如果他们是吸血鬼的话,就不会在意住的地方舒服不舒服了。"小宗说,"他们只在晚上活动,而且他们唯一需要的东西就是鲜血。"

"一家子吸血鬼?"奥丝说,"这简直就是我姐姐看的那些愚蠢的电影里面的情节。我最烦这些东西了!"

"我们不能排除他们是吸血鬼的这个可能嘛。"小宗说。

"如果是这样的话,我可不想花这么多时间来监视他们。"奥丝说,"吸血鬼很幼稚的。"

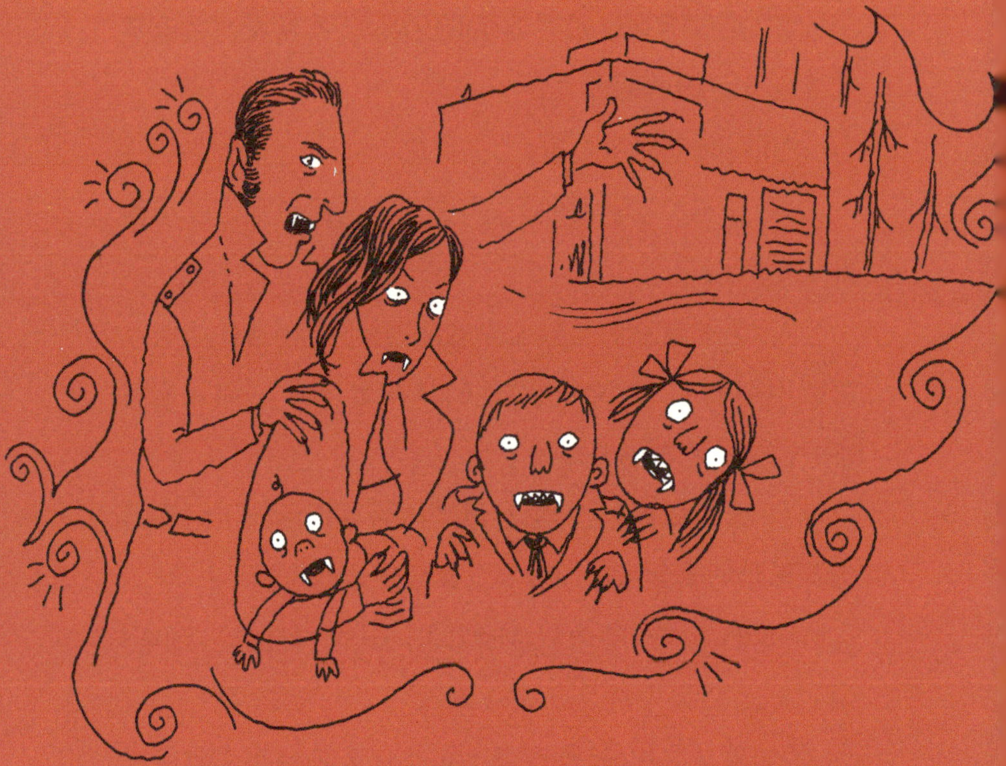

现在轮到阿特勒来使用望远镜察看了。老面包房的窗户玻璃颜色很深，其中几扇上还贴着灰色的纸。他觉得他看到有一点儿微弱的光从其中一扇窗户中透了出来，但是他不敢确定。而从另外一扇窗户看进去，屋子里面确实放着很多纸箱。

"我觉得我们可能真的会发现吸血鬼。"奥丝说，"我们得提前警告大家。"

阿特勒拧了拧望远镜的调焦旋钮，镜头里的老面包房变小了，他能够看到更多的地方了。天空中乌云密布，森林周围的一切看上去都是静悄悄的。"三丛小灌木"被风吹得摇摇晃晃。这时，面包房里传出了什么声音。

"快看！"阿特勒叫了起来。

他一边用手指着面包房车库的大门，一边赶快把望远镜重新调回去。与此同时，车库的门缓慢地打开了。

"趴下！"奥丝急忙说，"我们会被发现的。"

一辆黑色的轿车从车库里开了出来，车窗也是黑色的，看不出来里面是谁。车开走后，车库的门自动关上了。

"这辆车有问题。"小宗说。

"我觉得他们可能发现我们了。"奥丝说。

"或许他们才是间谍，他们看上去可真神秘。"小宗说。

"如果他们是间谍，"阿特勒说，"那他们要去调查什

么呢?"

"他们说不定要去调查咱们这个小城。"奥丝说,"我妈妈在市里面工作,她上班的地方的地下室里面藏着很多秘密。"

"如果他们真的是间谍的话,咱们就得赶快报警。"小宗说。

"我外公做间谍的时候,他把敌人所有的地图都偷走了。"阿特勒说,"他还把敌人都引到了一条错误的路上,然后用偷来的一大堆炸药把敌人都炸上了天。"

"这太刺激了!"奥丝说。

天空中下起了小雨,有几滴雨点落在了阿特勒的脸上。他把望远镜还给小宗,让小宗继续监视那些黑色的窗户,自己则慢慢悠悠地站了起来。

"你在干什么?"奥丝朝着他喊,"你别站起来呀!"

"他们已经走了呀。"阿特勒说。

"那也不行。"奥丝说,"万一还有人在屋子里面呢?我们得去另外一边继续调查。"

说完,奥丝猫着腰站起身,小宗跟在她的身后,阿特勒跟在他俩的后面。雨下得越来越大了,阿特勒觉得自己全身都湿透了。"三丛小灌木"慢慢地向前移动着。

"要不我留在这里继续察看,"突然,阿特勒停下脚步说,"免得他们从这边跑了。"

"那咱们两个去那边吧。"小宗对奥丝说。

奥丝从袋子里拿出了一个对讲机递给阿特勒。

"如果你要和我们通话,就按下这个按钮。"她说。

之后,阿特勒自己一个人继续留在高坡上监视。背后的松树枝扎得他浑身难受,他不得不用手一直挠一直挠,但还是很难受。最后,他站起身,把松树枝从衣服里面抽了出来。突然,对讲机发出了很大的声音。他连忙按下对讲机的按钮,里面传来了奥丝的说话声,还有一些别的声音。但是他什么都听不清,刺耳的杂音吵得他耳朵疼。等那些讨厌的声音渐渐变小后,对讲机里仍不时地传出断断续续的"嗡嗡"声。又过了一会儿,所有声音都停止了。他抬起头朝奥丝和小宗的方向望去。然而,他没有看到他们两个,却看到了一个小女孩。阿特勒吓了一跳——这个小女孩是什么时候出现的?阿特勒全身僵硬,完全不敢再抬起头看过去。他只能慢慢移动身体,试图重新躲回灌木丛里。她会不会是一个吸血鬼女孩?

那个女孩走了过来,对阿特勒说:"你们是在玩间谍游戏吗?"

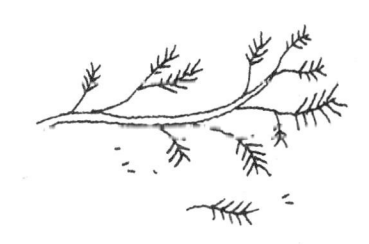

你们是在玩间谍游戏吗?

阿特勒没有说话,他害怕得连一根手指都不敢动。

"你不要再假装自己是一根木头了。"女孩说,"我已经看到你了!"

阿特勒小心翼翼地动了动胳膊。

"你不觉得玩间谍游戏很幼稚吗?"女孩说。

阿特勒看着她,忽然想起来她是谁了。她就是那个他在商店门口碰到的女孩子。阿特勒觉得自己的心脏都快要从胸腔里跳出来了。他清了清嗓子。

"嗯……我们是想看看你们是不是死了……"阿特勒说。

"死了?"

"是的,是不是'活死人'。"

"我们为什么会是'活死人'呢?"

"如果你们只在夜间生活,又非常害怕阳光的话。"阿特勒小声地说。

女孩一下子笑出声来。

"你们以为我是吸血鬼?哈哈哈哈!"

"当然不是了。"阿特勒连忙说,"我在开玩笑。"

女孩笑得更厉害了。

"你们过来调查一个吸血鬼,难道不觉得危险吗?"

"你不是,对吧?"阿特勒小心翼翼地看着女孩问道。

女孩笑弯了腰。

"美国就有吸血鬼。"阿特勒说,"我爸爸的一个朋友曾经在美国的一个汉堡店里面大战三个吸血鬼。幸运的是,他发现吸血鬼都受不了番茄酱。"

女孩听完这话,笑得快要坐到地上去了,阿特勒也忍

不住跟着笑了起来。

这时，对讲机又响了起来，奥丝的声音从里面传出来。

"这里是小宗和奥丝，呼叫阿特勒。"她说，"我们已经绕着这座房子走了一圈了，没有发现任何生命迹象。不过，这房子里面的家具可真够奇怪的。通话完毕！"

就在奥丝说这番话的时候，阿特勒慌乱地按下他能找到的全部按钮，想要关上对讲机。但是已经晚了，女孩

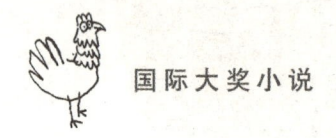

听到了一切。她收起笑容,严肃地看着他。

"你们根本算不上是间谍。"女孩说,"你们的行为不仅幼稚,而且是非法的。"

说完,她转身走下高坡,走回老面包房里,然后重重地关上了门。阿特勒站在原地,一动不动。

过了一会儿,小宗和奥丝又回到了这里。

"你怎么没在这儿好好监视?"奥丝说。她看到阿特勒正呆呆地站在那里,脚底下都是小树枝。

"那边有好多垃圾。"小宗说,"根本看不出什么名堂。"

"还有一把牙医的椅子!"奥丝说,"是小宗发现的。"

"我们是不是该去干点别的事了?"阿特勒说,"不然我们去接着建咱们的小木屋吧?"

"你为什么不在这里监视?"奥丝又问了一遍。

"我觉得我们在这儿监视别人是非法的。"阿特勒一边说,一边把对讲机还给了奥丝,"我们还是见好就收吧。"

于是,另外两个人也解除了"间谍"状态,三个人一起转身离开。阿特勒一边走一边回头朝着老面包房看去,希望能再看到那个女孩。但是窗户还是黑乎乎的,他什么都没看到。

"我们应该二十四小时地监视这里。"奥丝说,"这样

他们就跑不了了。"

阿特勒什么都没有说。走出森林后,阳光重新穿过云层,照射在小路上的水坑里,反射出点点金光。阿特勒绕开水坑,低着头向前走去。

这天晚上,阿特勒失眠了。他一直盯着天花板,久久无法入睡。房间里很黑,只有一线来自屋外路灯的光穿过层层树叶和窗户,照在了房间的墙壁上。他仿佛听到了一个女孩的笑声,于是,他从床上站起来,走到窗边。他的目光越过许多人家的屋顶,到达森林的另一边,落在那间老面包房上。阿特勒知道,从这里肯定是听不到那房子里的笑声的。他忽然觉得脸上有些发热。

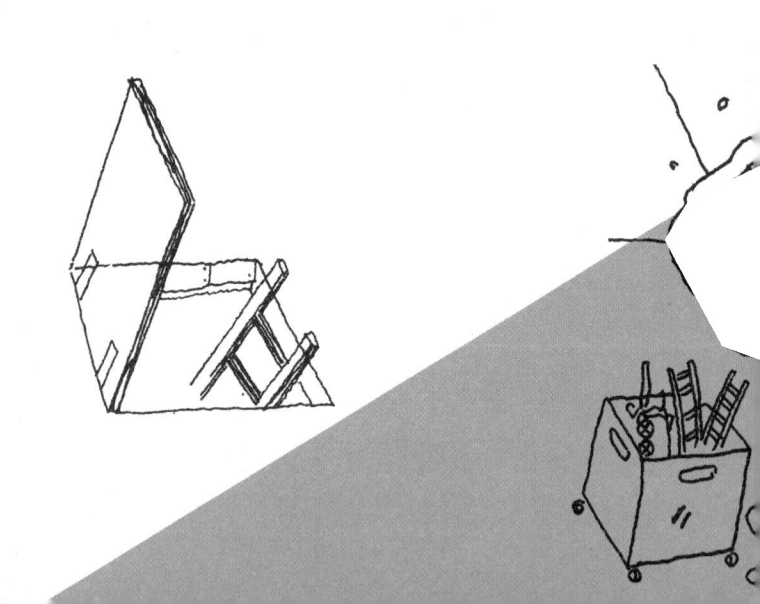

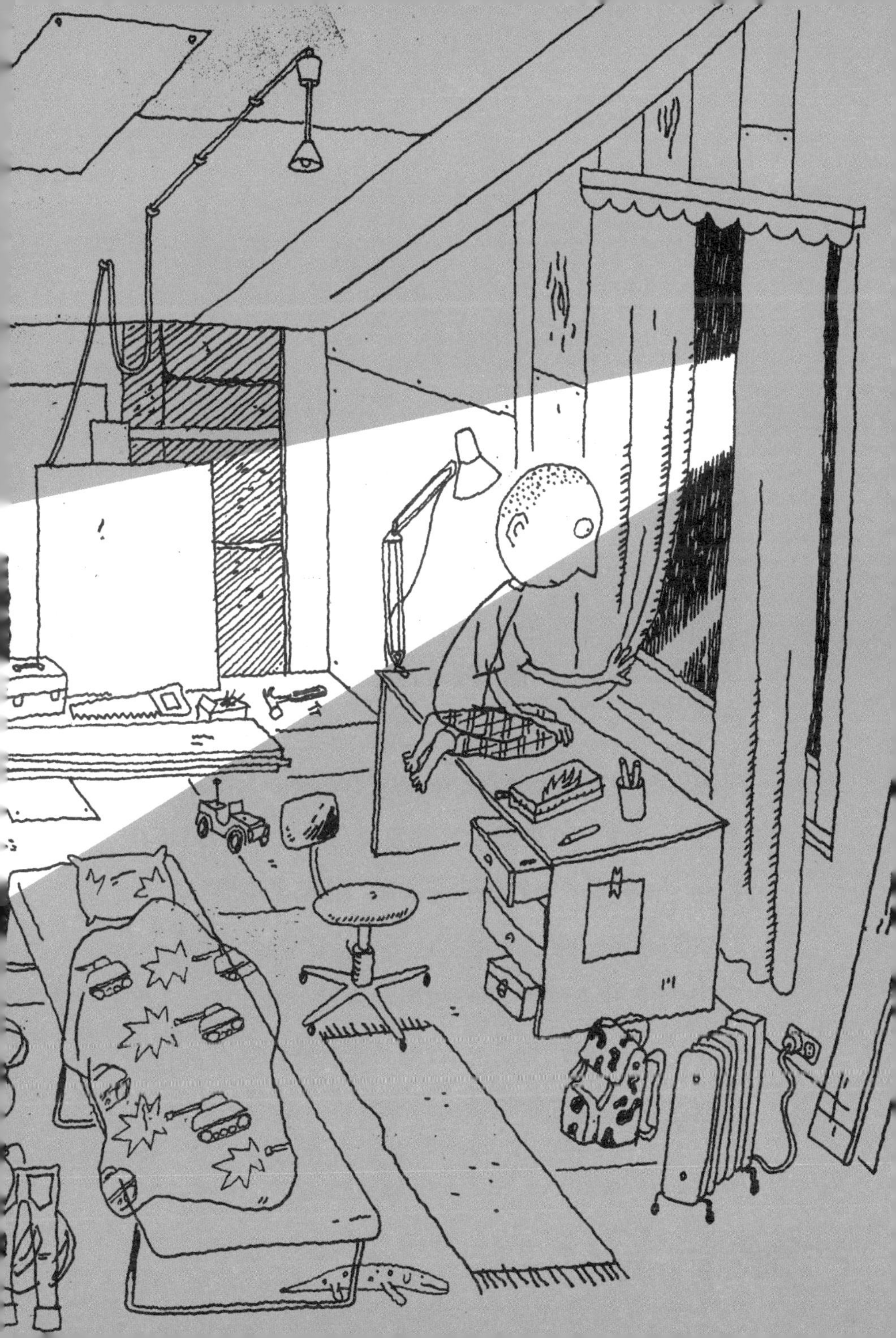

## 愤怒的黄瓜

阿特勒的爸爸走在院子里,头上还顶着一堆奇怪的东西,看上去是一大摞纸盒。妈妈坐在大门口,旁边站着阿特勒。他们看着爸爸顶着那些东西走向了车库。

"我不知道他要去车库干什么。"妈妈说。

"您在做什么呀?"阿特勒朝着爸爸大喊道。

爸爸没有回答,只是冲着他们俩挥了挥手。

"他总不会是在给你盖座新房子吧。"妈妈一边说,一边站起身走回了屋子里。

阿特勒穿上靴子,跟着爸爸走进了车库。这里已经被爸爸收拾干净了,墙上挂着他的那些吉他,几台扬声器立在墙边,一旁是一张绿色的旧沙发,还有一架棕色的风琴。爸爸正在把那些纸盒一个个地钉到墙上。那些纸盒是装鸡蛋的那种盒子,阿特勒以前在商店里见过。

"您为什么要把鸡蛋放到墙上去?"阿特勒问爸爸。

"看上去不错吧?"爸爸嘴里叼着钉子,一边钉一边说道,"我不是要在墙上放鸡蛋,而是因为这种装鸡蛋的纸盒能够起到隔音的作用。"

马歇尔音箱

黄瓜

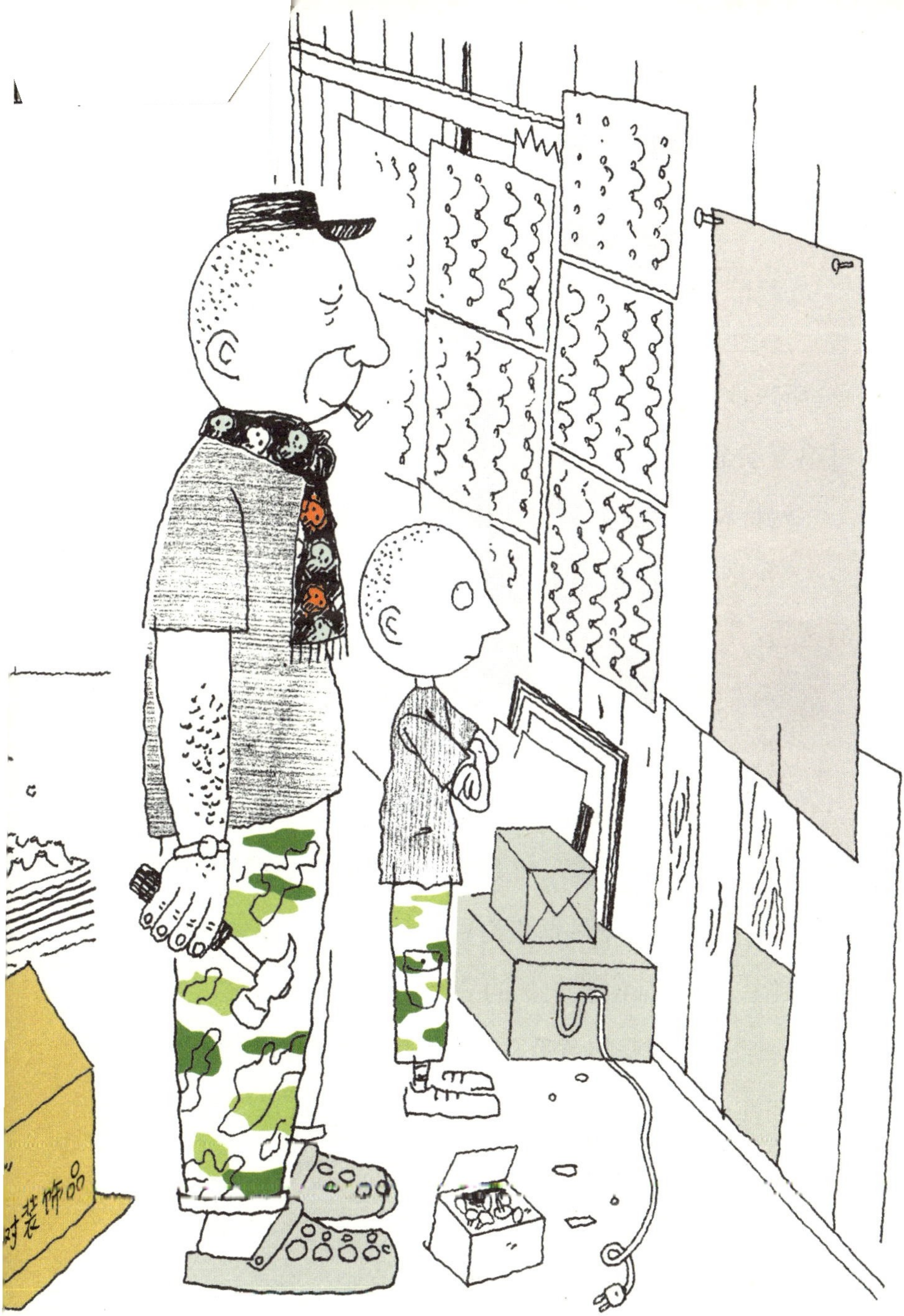
时装饰品

"真的吗？"阿特勒觉得十分新奇。

"这些盒子都是镇长给我的。"爸爸说，"他不是养鸡嘛，所以他那里有一大堆。对了，你看到报纸上镇长家的母鸡得了金牌的那张照片了吗？"

阿特勒点了点头。

"我是在去你奶奶家时看到的，镇长家就在你奶奶家的旁边。"

"奶奶也喜欢母鸡吗？"阿特勒问。

"我可想象不出来她养鸡的样子。"爸爸笑着回答。

爸爸拿起一枚新的钉子，继续将纸盒钉在墙上。阿特勒在车库里四处转了转。在那些吉他的旁边，还贴着一张海报。阿特勒以前见过这张海报，上面有爸爸和另外三个人的照片，他们都留着长长的头发。海报上还印着几个潦草的大字——愤怒的黄瓜。那照片是很久以前照的，当时爸爸还在一个乐队里面当吉他手，"愤怒的黄瓜"就是他们那个乐队的名字。阿特勒每次看到这个可笑的名字时都会忍不住笑出来。

"您为什么不继续在乐队里演奏了呢？"

# 愤怒的黄瓜

巡回演唱会即将开始

"我现在就打算重新开始。"爸爸说,"我们乐队的成员马上就要从美国回来了,我们将会再度开始演出。我们的乐队会变得很受欢迎的。要是我们变成一支享誉世界的乐队的话,那就太酷了,对吧?"

阿特勒赞同地点点头。

"到那时,我们就会有很多钱。"爸爸接着说道,"然后我们就开始进行世界巡回演出,去埃及,去印度,还有日本等许多许多国家。到时候,你可以和我们一块儿去。"

"那你们什么时候重新开始呢?"阿特勒问。

"很快,就在乐队成员们从美国回来之后。"

"不过,你们可不能再叫'愤怒的黄瓜'了。"阿特勒说,"外国人肯定会觉得这个名字很蠢的!"

爸爸听了哈哈大笑,然后又钉上了一枚钉子。

商店门口停着一辆货车,当阿特勒经过的时候,他看到商店经理正在一箱一箱地往货车的车厢里装东西。阿特勒以前见过这辆车给奶奶家送货。商店经理关好车厢门,转身看到了阿特勒,便朝他打了个招呼,然后就把货车开走了,空中扬起了一团灰色的烟尘。

阿特勒本来打算去找小宗和奥丝，但当他经过商店之后，他选择了另外一条路。他不由自主地走进了森林里，然后走上了通往老面包房的那条路。

他沿着这条路一直走，渐渐地走到了面包房前面。面包房窗户上的灰纸已经被人取下去了。现在，那上面挂着窗帘，还有几盆仙人掌摆在一旁的书架上。阿特勒走得很慢，当他经过面包房的时候，他才意识到，他其实应该走另外一条路才对。所以他不得不开始往回走，但他依旧走得很慢。阿特勒觉得,每个人其实都可以自由地在森林里面走来走去,这并不是什么幼稚的行为,只要他不再继续监视就行了。当他再一次经过面包房的时候,看起来就像是一边走一边在看着树上的鸟。然后,他又这么来来回回地走了好几遍。最后,面包房的门终于被打开了。那个女孩从门里走出来,站在房子前面,两只胳膊交叉抱在胸前。

"你又来这里监视我们吗?"她问。

"我只是路过而已。"阿特勒说。

"路过了一百次?"女孩问。

"这里有几只特别不寻常的鸟。"阿特勒说,"如果你看到它们的话,一定会大吃一惊的。"

"呵呵,是吗?"女孩讽刺地说道。但是她一眼都没往树上看。

"以前这里还来过一个俄罗斯的教授,就是为了能够观察这种不常见的鸟。"阿特勒说,"但是我觉得它们现在已经飞走了,是被你吓跑的。"

"我觉得你就是在监视我们。"女孩说。

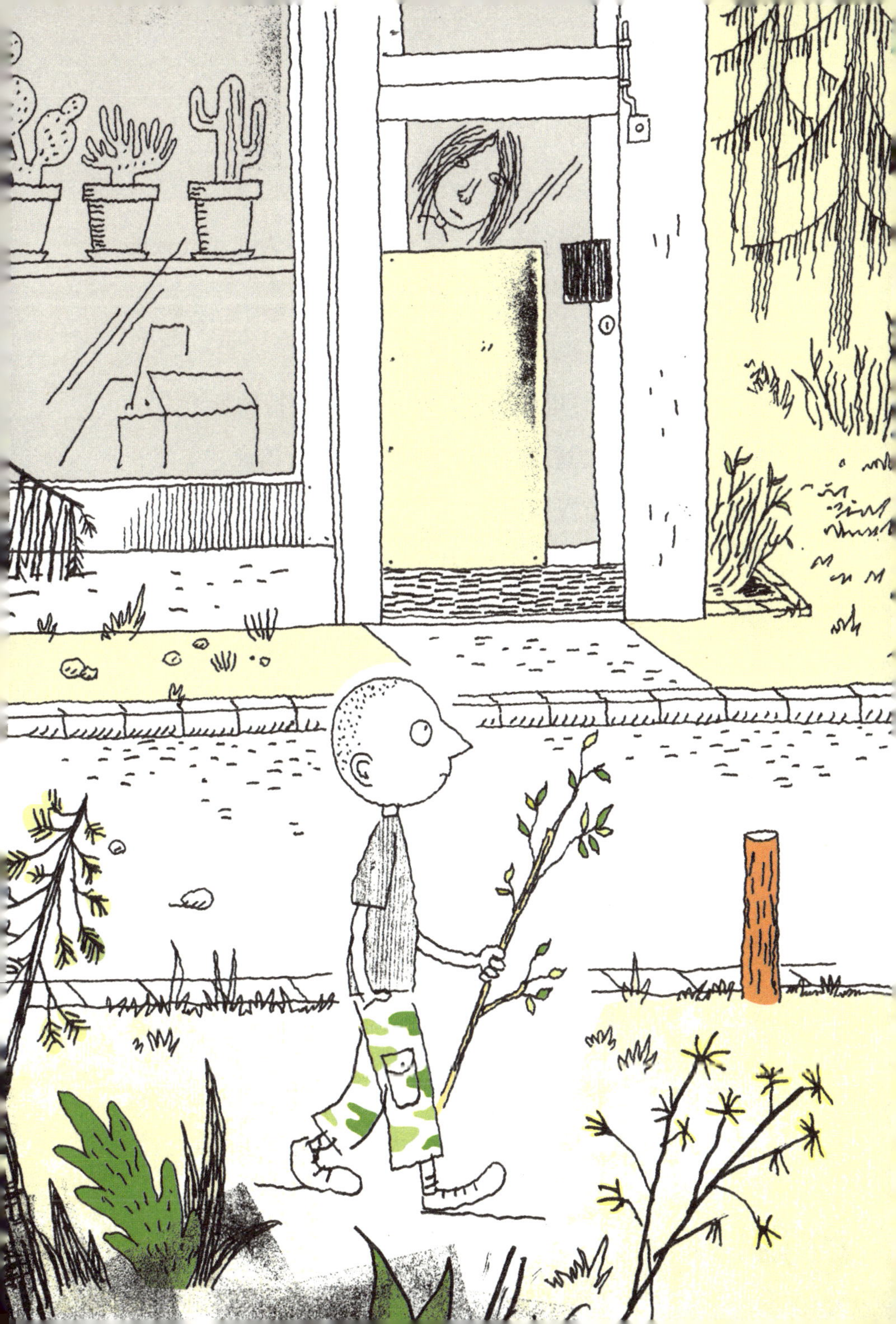

"我已经不那样做了。"阿特勒说,"因为那是幼稚的行为。"

"而且是不合法的。"女孩说。

"但是在森林里面走可是合法的。"阿特勒赶忙说。

"我倒是真想看看你说的那种鸟。"女孩说,"不然我还是觉得你在监视我们。"

阿特勒转过身去,看着树顶,他觉得自己的肚子里像是装了一块大石头。女孩也抬起头看着树顶。

"我觉得……"女孩张口说道。

但是她突然停了下来,因为她听到了某种奇怪的声音。阿特勒和她一起抬起头,向森林上空望去。伴随着一阵像是有人在吹小号的声音,三只黑色的鸟从森林里飞了出来。它们抻着长长的脖子,挥舞着巨大的翅膀,高高地飞在阿特勒和女孩的头顶上。

"哇!"女孩吃惊地叫道。

阿特勒站在那里,一句话都说不出来。这太奇怪了!随着那些鸟越飞越远,逐渐消失在他们的视野中,那种像小号一样的声音也消失了。阿特勒依旧站在原地,仰着头望着那片空旷的天空。

"哇,你没有说谎!"女孩又说了一遍。

"我……"阿特勒有点儿结巴了,"我从来都不说谎。"然后,他走到了女孩旁边。

"这真的是太神奇了!"女孩一边说,一边还在望着那些鸟曾飞过的树顶。

"话说回来,你叫什么名字?"阿特勒问。

女孩很快地扫了一眼阿特勒,但是没有回答他,只是耸了耸肩。

"你们为什么要住在面包房里呀?"阿特勒没有放弃,接着问道。

女孩还是没有回答他,而是转身朝着面包房走去。当她走到门口时,突然转过身,看着阿特勒。

"你要进来吗?"

面包房的地板上到处都是纸箱,还有很多被摞在一起放在墙边。女孩转过身走到了箱子中间,阿特勒赶忙脱掉脚上脏乎乎的靴子,跟了上去。他们走进一个房间,里面除了纸箱,还有一张黑色的沙发和角落里的几把椅子。

"我的房间就在这上面。"女孩用手指着一架梯子说。

"你也有梯子呀!"阿特勒高兴地说。

他们沿着梯子往上爬,来到最上面的一个小房间。房间的墙上贴着几张摇滚乐队的海报,海报上的人都留着长长的黑头发,而且表情看上去都很愤怒。女孩坐到窗边的书桌前,从那面窗向外看,不但可以看到森林,还能清楚地看到阿特勒他们三个人之前埋伏并监视这里的那个高坡。

"我爸爸也在一个摇滚乐队里面。"阿特勒指着墙上的海报对女孩说,"他们应该是挪威最棒的摇滚乐队!而且他们马上就要变得很有名了。"

"这算不上什么。"女孩说,"我妈妈在美国时才叫有名呢,她连街都不能上,因为大家都会围上去找她签名。"

"她这么有名吗?"阿特勒问。

"我们不确定能在这里住多久。"女孩说,"或许住在美国比住在这儿要好一些,不过我们现在还没决定。"

女孩的书桌上放着一套音响设备,她按下"播放"键,里面立刻传出了一曲摇滚乐,整个房间里面充满了架子鼓、贝斯和吉他演奏的声音,还有一个女人的歌声。女孩开始跟随着音乐的节奏点头。阿特勒也试着跟着点了点头,但他觉得自己看上去应该很奇怪,于是就停了下来。

B

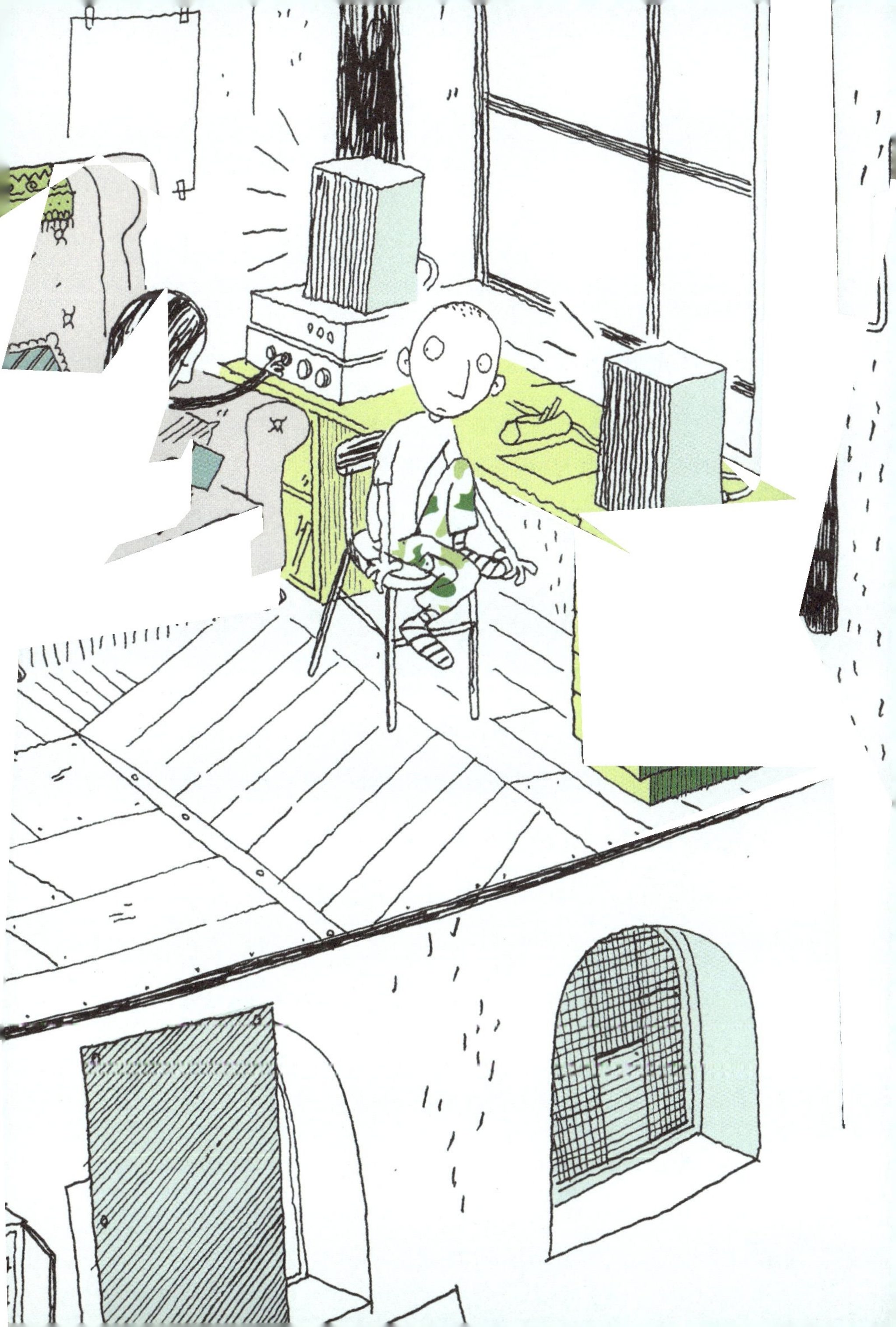

"这首歌就是我妈妈唱的。"女孩在震耳欲聋的音乐声里朝着阿特勒大声喊道。

"什么？"阿特勒大声问道。

女孩关上了音响。

"这是我妈妈唱的。"她又说了一遍。

"如果你们不打算住在这里的话，为什么又要搬过来呢？"阿特勒问。

女孩耸了耸肩。

"不过，住在面包房里还是挺酷的。"阿特勒说。

"我妈妈有很多房子。"女孩说，"在意大利，我们还有一座很古老的城堡，那座城堡有超过好几千年的历史。我们想看看我们到底最喜欢住在哪儿。我们必须得住在能够交到很有名气的朋友的地方，不然很快就会开始厌倦那个地方。"

说完，她又把音响重新打开，继续跟着音乐的节奏点头。

"对了，我叫桑迪。"她大声说。

"你是不是也很有名？"阿特勒问。

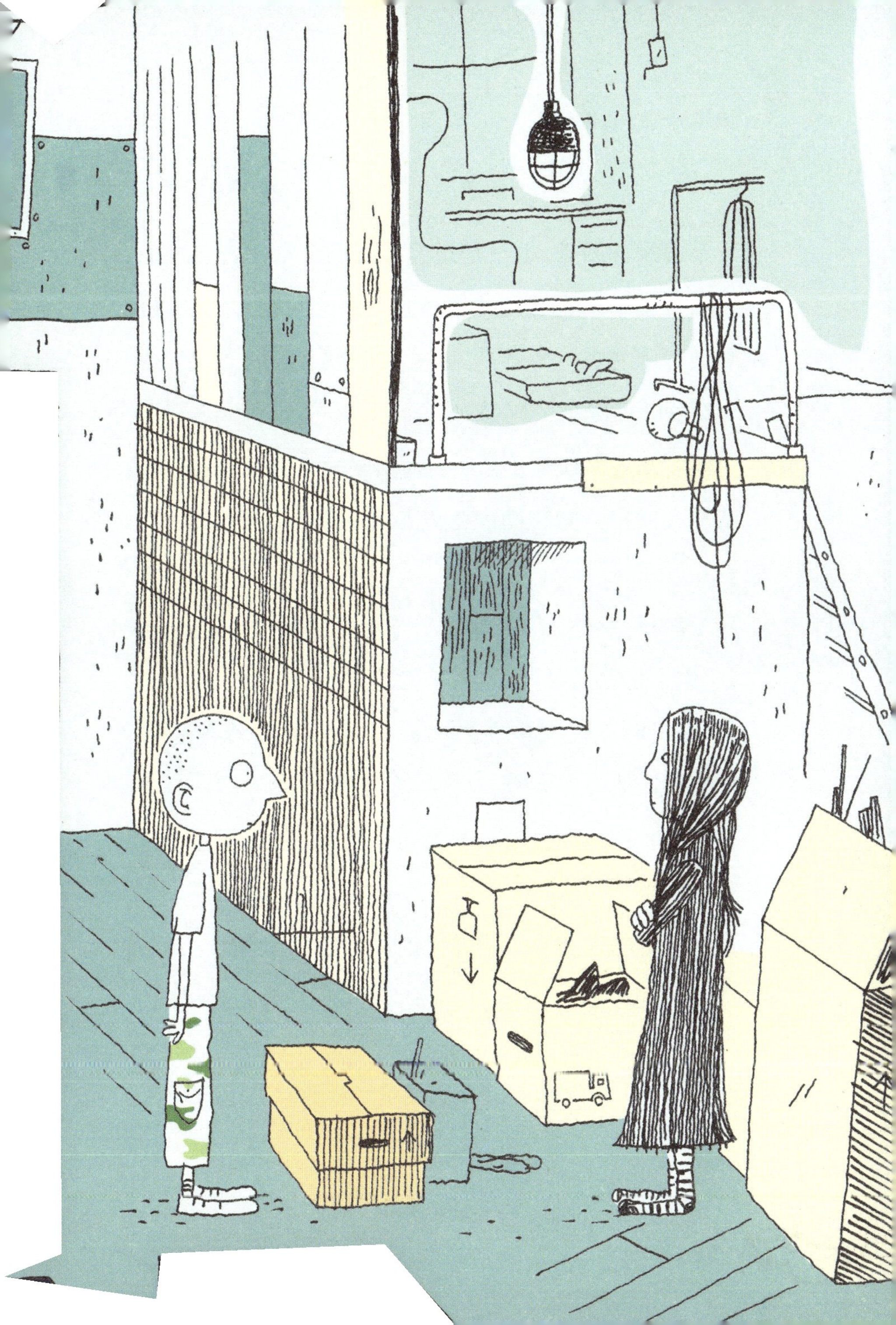

桑迪没有回答，她只是跟着音乐的节奏一直点着头，所以阿特勒不知道她究竟是在回答他的问题，还是仅仅沉醉于音乐之中。

"我叫阿特勒。"阿特勒说。

他不知道桑迪是不是听到了他的话。之后，当他们两个站在大门口，阿特勒准备离开的时候，他又重复了一遍。

"我叫阿特勒。"他说。

"你不是已经说过了吗？"桑迪说。

"那我们有机会再见吧。"说完，阿特勒就转身走了。

桑迪在他身后大喊：

"我们不一定会在家，我有可能得和妈妈一块儿去澳大利亚！"

当阿特勒走在回家的路上时，他能够听到耳朵里面一直有"噼噼啪啪"的响声，他觉得这是因为那首摇滚歌曲还在他的脑袋里面继续咆哮。

阿特勒打开车库的大门，里面很黑。他打开灯，看了看爸爸的吉他和钉在墙上的鸡蛋盒。有一把吉他被放在椅子上面，阿特勒走过去拿起它，然后坐在了椅子上。他拨动琴弦，吉他发出了微弱的声音。这声音听上去和桑迪放的那种摇滚乐一点儿都不一样。他又试了一次，但是吉他发出的声音还是闷闷的。阿特勒叹了一口气。

"你要开始弹吉他了吗?"爸爸突然出现在车库的门口,对阿特勒笑着说。

阿特勒只是耸了耸肩。

"我可以教你。"爸爸说。

然后,他走过去拧开了扬声器的旋钮。顿时,吉他发出了尖厉的声音。爸爸连忙将音量调小。接着,他把阿特勒的手指重新摆好。

"你看,得这样子弹才行。"爸爸说。

阿特勒试着像爸爸说的那样弹,但是吉他的声音听上去还是很奇怪,而且音调越来越高。这听上去一点儿都不帅气。

"你要多用点劲儿弹才可以。"爸爸抓着他的手,"你看,像这样子!"

吉他发出了十分奇怪的声音。于是,阿特勒停止了弹奏。

"怎样才能出名呢?"阿特勒问。

爸爸盯着阿特勒的手指。

"你要一直用力。"他说,"我来给你演示一遍。"

说着,爸爸拿起阿特勒手中的吉他,将它顶在自己的膝盖上。当爸爸开始弹奏的时候,吉他突然一下子发出了像平常一样好听的声音。阿特勒觉得自己永远都不会像爸爸弹得这么好。

"爸爸,到底该怎么做才能出名呢?"阿特勒问。

"出名?"爸爸说,"弹吉他可和出名一点儿关系都没有。对我们来说,最重要的事情就是要为音乐而生!"

说完,爸爸越弹越快,边弹边晃动身体。

"你要像这样弹!"他一边弹奏,一边点着头对阿特勒大声说。

"这样做我就能出名了吗?"阿特勒问。

爸爸没有回答,他闭上眼睛,开始了一段长时间的演奏。最后,他用一串高亢的旋律作为结束,然后按住了琴弦。

"在人们进行演奏的时候,"爸爸说,"最终的目的就是要享受音乐,乐在其中。如果我和我的队员们一块儿举办了小型演出的话,我们也许会变得很有名。"

"你们不想变得有名吗?"阿特勒问。

"我们曾经在一场有王子出席的音乐会上演出过。"爸爸说,"演出结束后,他走过来和我们说,他觉得我们演奏得棒极了,他希望能够邀请我们到王宫里为国王进行表演。"

"那你们见到国王了吗?"

"没有,我们不想去。"爸爸说,"另外,我们都已经买好了回家的火车票了。"

"如果你们当时为国王进行了表演,一定会变得非常有名的!"阿特勒说。

"这个嘛……"爸爸迟疑了一下,然后说,"等我的队员们都回来后,或许应该给王子打个电话吧。"

"但是这要等很久。"阿特勒说,"我学会弹吉他后,会不会也变得很有名?"

"你当然可以。"爸爸说,"不过,先看这里。"

爸爸又开始弹吉他。他先是慢慢拨动琴弦,弹出了一段轻柔的旋律。"你可以弹这样子的。"爸爸说。

然后,他又拧了拧扬声器,声音就又变得激昂高亢了。

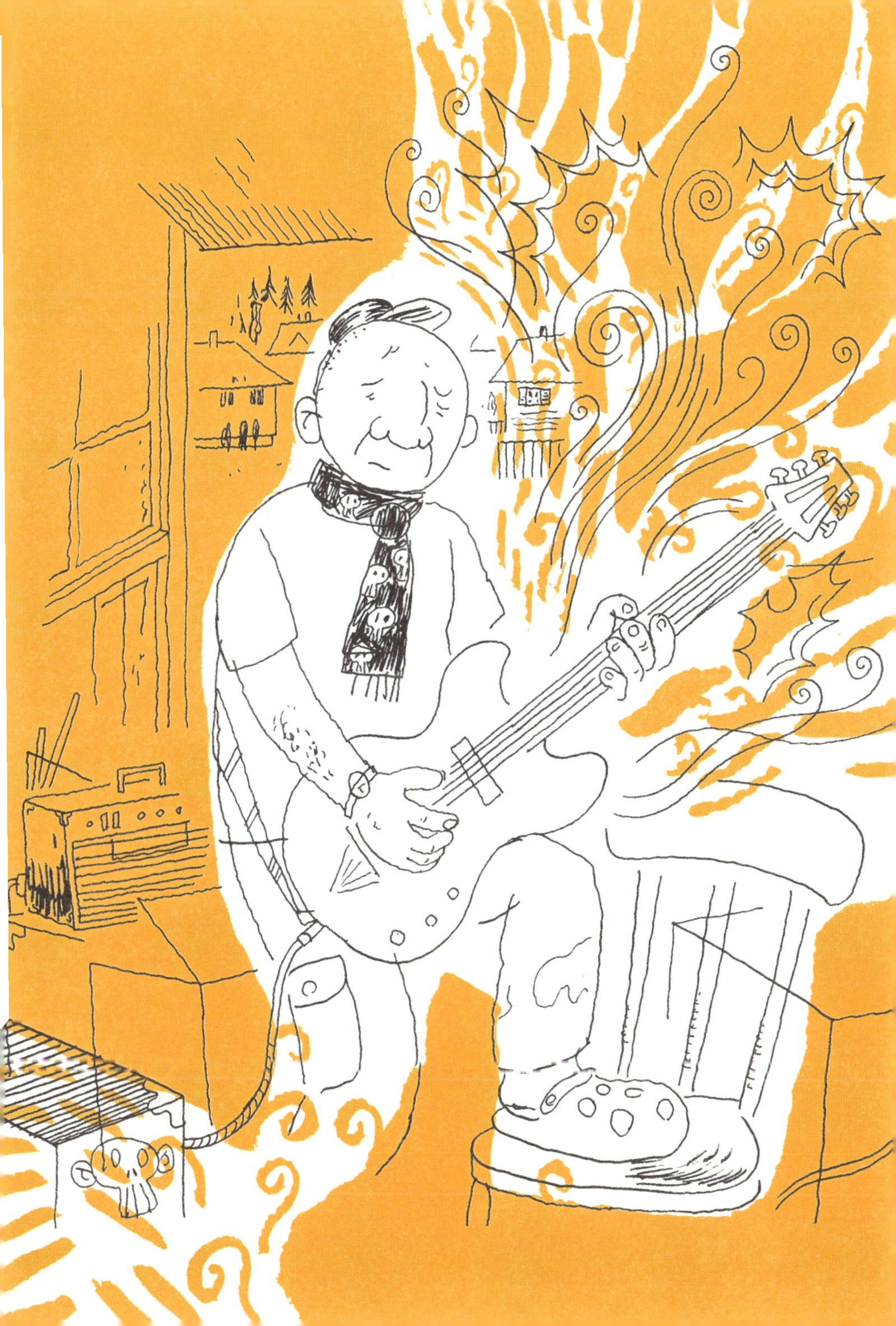

"但这样子的才叫帅气!"爸爸大喊道,然后越弹越快,"这样你就会出名了!"

爸爸闭着眼睛,手指在琴弦上飞舞,阿特勒看着他的手指,不明白他到底是怎么弹奏出这样令人震撼的节奏的。

他从椅子上站了起来,等待爸爸弹完后将吉他还给自己好继续练习。但是爸爸没有注意到他,依然沉浸在吉他的旋律中。等了一会儿之后,阿特勒离开了车库。外面的天空阴沉沉的,阳光从几处云层间的缝隙穿过,像是从探照灯里面射出来的一样。他听到爸爸还在车库里面继续弹吉他,只得叹了一口气,回到了屋子里。

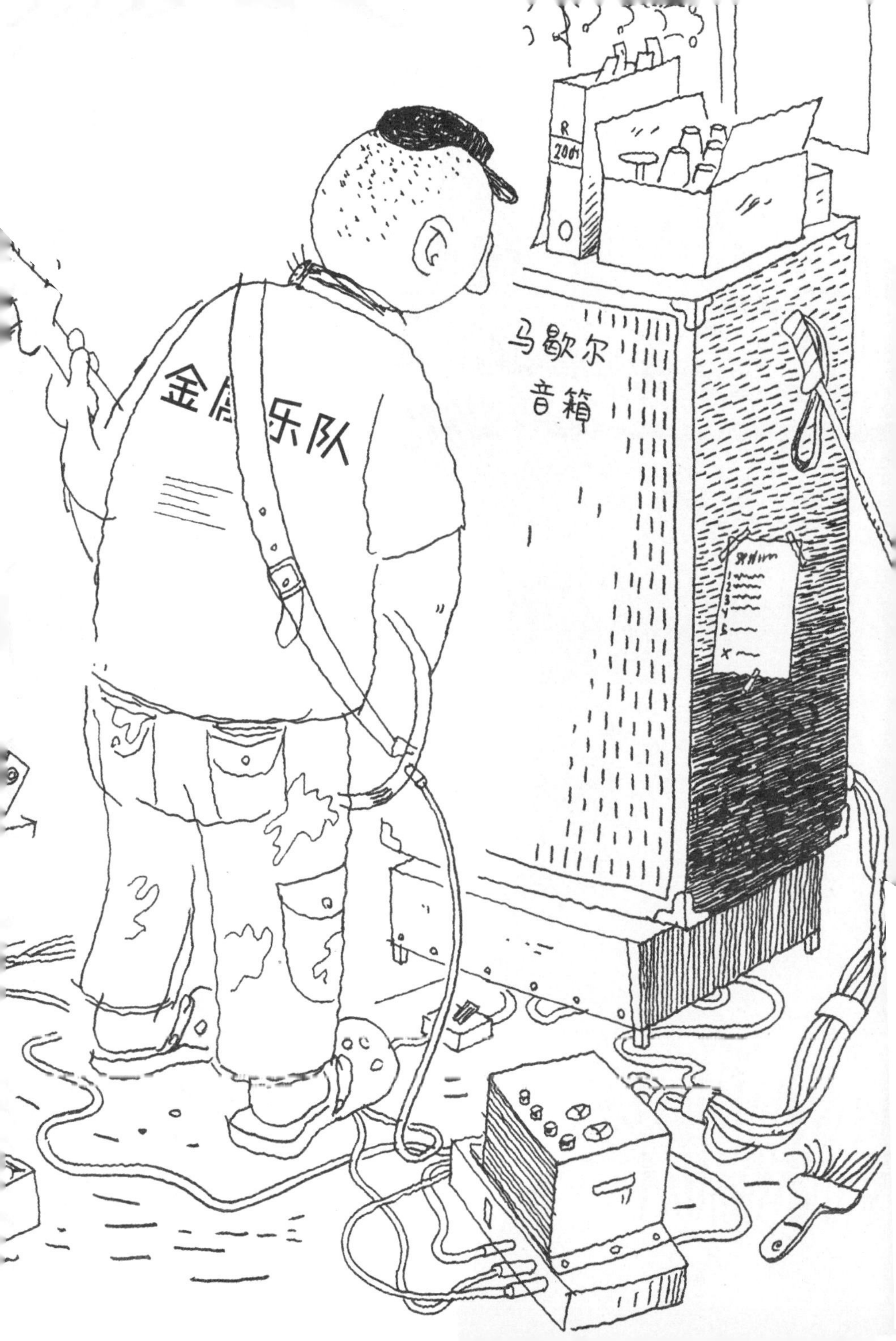
马歇尔
音箱

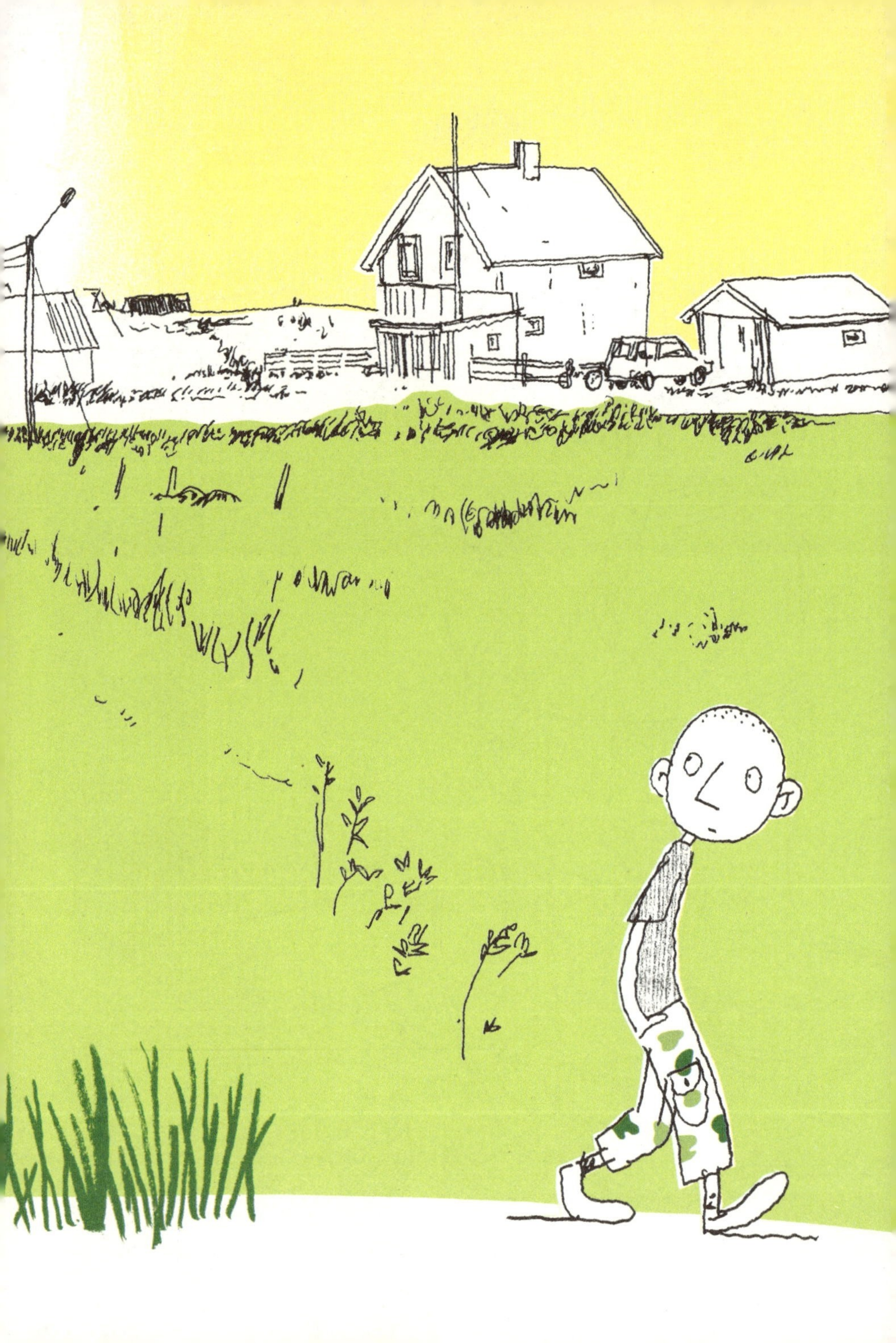

# 3

## 冠军母鸡

  阿特勒、奥丝和小宗三个人的小木屋位于森林边上的一个小坡上,就在奥丝家的房子后面。他们三人在夏天的时候建起了这座小木屋。它很坚固,就算是强壮的大男孩也不能将它推倒。小木屋的门上有锁,屋子里面放着一堆漫画书,奥丝、小宗和阿特勒还把屋子的三面墙壁粉刷成了不同的颜色——棕色、黑色和蓝色。奥丝在第四面墙上贴了一大堆马的海报,因为她不想把它们继续贴在自己房间的墙上了。那几部会时不时地发出微弱"哔哔"声

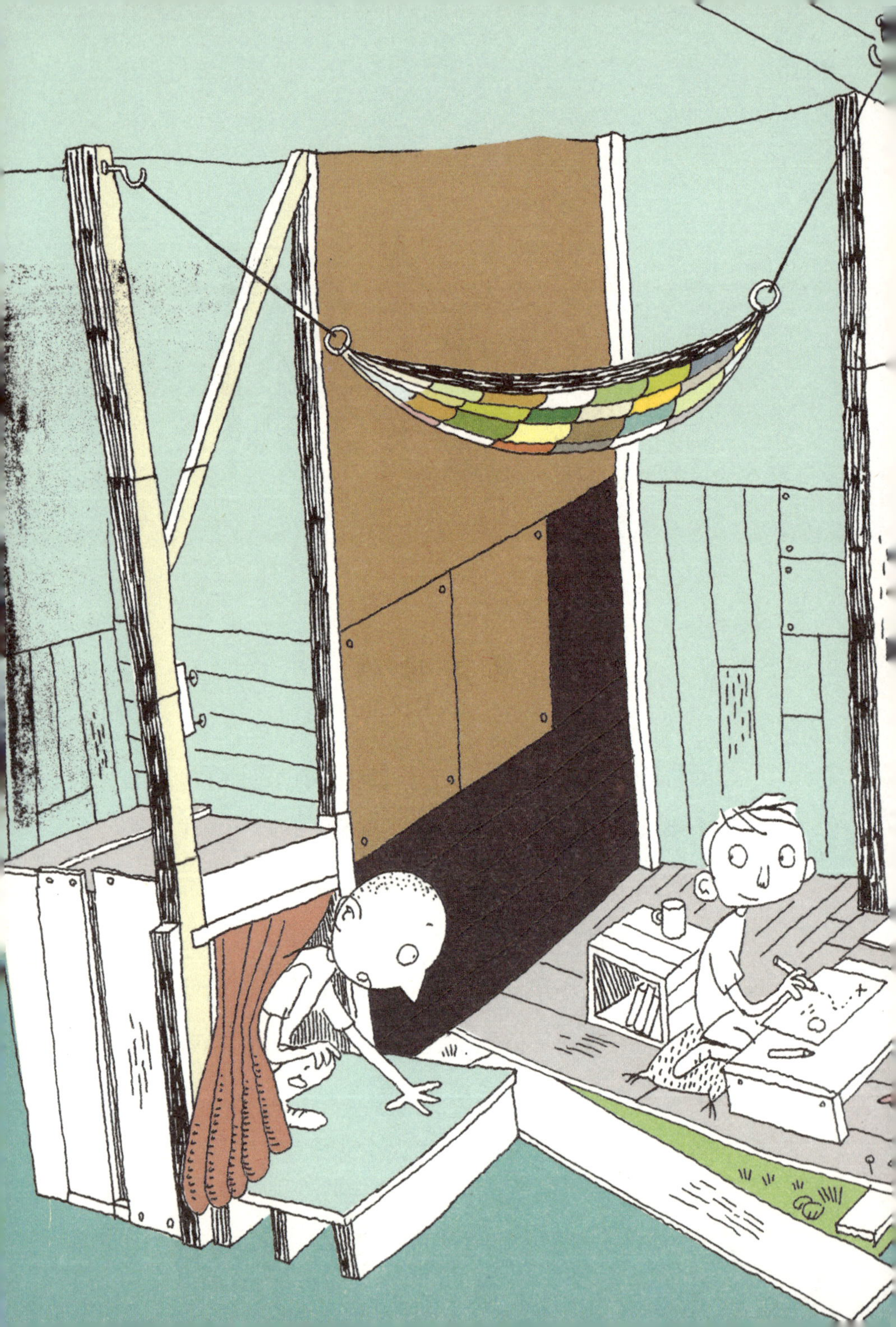

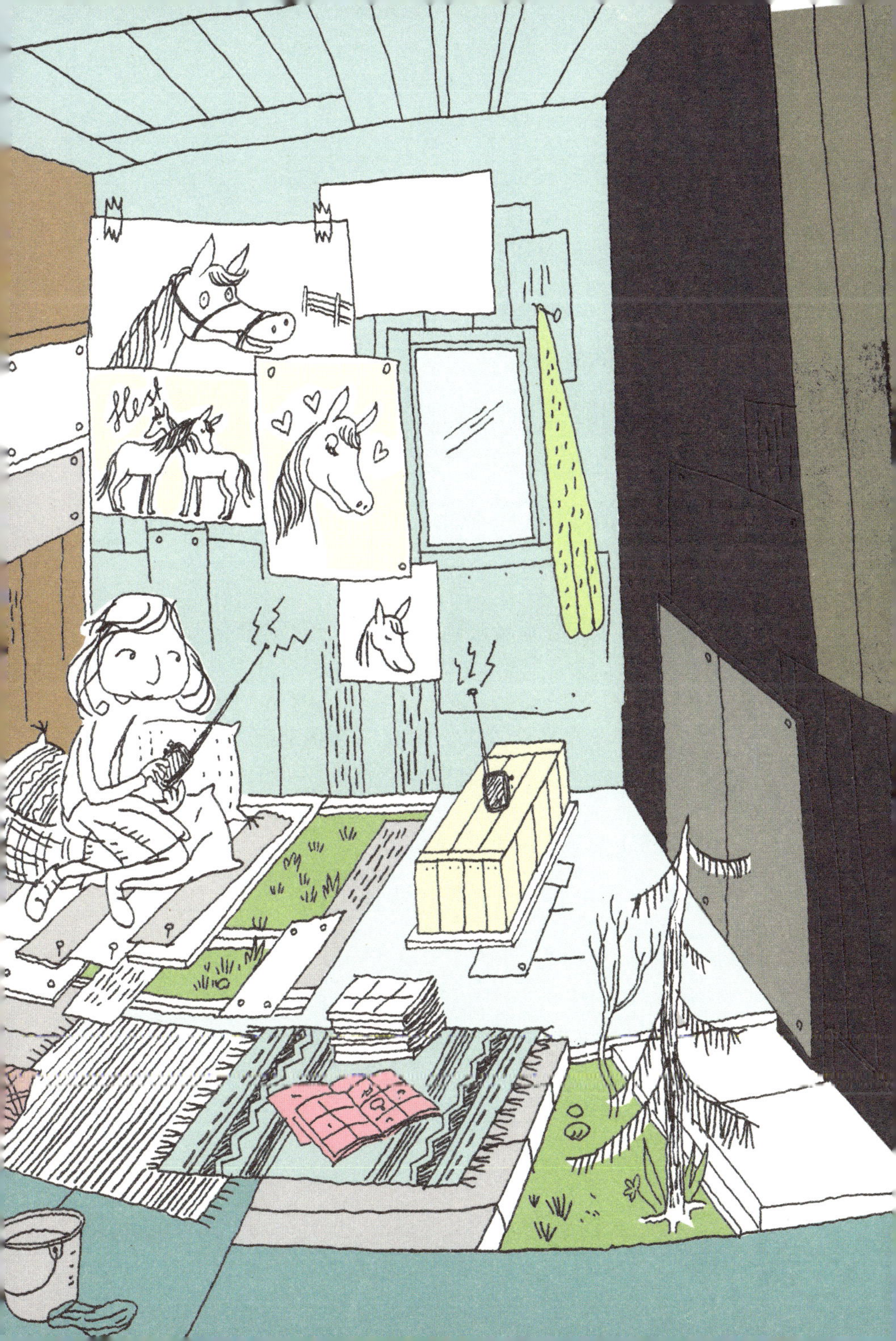
Hest

的对讲机也被她放在了这里。阿特勒此时正坐在木屋里翻看漫画书,书里讲的是一个伪装成记者、在一家报社上班的超级英雄的故事。

"要是我们能二十四小时地监视他们就好了。"小宗说,"这样他们就跑不掉了。"

"我们不可能二十四小时不睡觉的。"奥丝说,"我们必须得轮流监视。"

"如果我们要轮流监视他们的话,我们就得有一顶帐篷才行。"小宗说。

"好主意!"奥丝说,"我们得有一顶迷彩帐篷,就像军队里面用的那种。"

阿特勒从漫画书中抬起头。

"我表哥肯定有二十顶军用帐篷。"话一说完他就后悔了。

"太好啦!那你能不能去借一顶来?"奥丝问。

"可能吧……"阿特勒说,"不过……我不知道……"

"它对我们来说很重要。"奥丝说。

"我可以去问问看……"阿特勒接着说,"但是,我不

知道继续监视下去到底好不好。"

"如果有帐篷的话,我们就可以在森林里过夜了。"奥丝说。

"这样就不会有人看到我们了。"小宗说。

"可我不能再继续监视下去了。"阿特勒放下了手中的漫画书,一字一顿地说,"这不行。"

另外两个人一下子安静了。奥丝看看小宗,但是小宗只是摇了摇头,表示他也不明白是怎么回事。

"你是不是担心他们真的是吸血鬼?"奥丝问。

"不。"阿特勒说,"她不是吸血鬼。"

"谁不是?"奥丝说。

"他们不是吸血鬼。"阿特勒急忙改口说道。

"你和他们说过话了吗?"小宗问。

"可能和其中一个吧。"阿特勒说,"她叫桑迪。"

"你为什么要这么做?"奥丝说。

"她突然就出现了。"阿特勒说。

"像幽灵那样突然出现的吗?"小宗问。

"不,不,就像是一个普通的女孩。"

"你把一切都搞砸了。"奥丝说。

"那个女孩好相处吗?"小宗问。

"我可不会这么认为。"奥丝说。

"她的妈妈好像特别有名。"阿特勒说,"是一个摇滚歌手。"

"哇!"小宗惊叹地说。

"这有什么特别的。"奥丝说,"全世界有很多摇滚歌手,大部分都自己待着。"

"她给我放了她妈妈制作的音乐。"阿特勒说。

"真酷!"小宗说,"你听到她妈妈唱歌了吗?"

"听到了从音响里面放出来的歌。"阿特勒说。

"我姐姐马上要送给我一套音响。"奥丝说,"她还有很多很棒的唱片,我也会得到的。"

"还有,她也得爬上一架梯子才能进入自己的房间。"阿特勒说。

"就和你一样!"小宗说。

奥丝从地上站起来,使劲地跺了下脚。

"够了!"她大喊道,"我们得开一次间谍会议了!"

"我们不是正在开吗?"小宗说,"阿特勒已经告诉我们很多有用的信息了。"

"不!"奥丝说,"这些不是有用的信息。他把一切都搞砸了!"

奥丝跑出小木屋,然后重重地甩上了门。阿特勒和小宗只好安静地等待奥丝回来。阿特勒重新拿起漫画书,但是他一个字都看不进去了。

"我确实把一切都搞砸了。"过了一会儿,阿特勒说。

"嗯,那个女孩怎么样?"小宗说。

"她非常好。"

当天晚上,阿特勒和爸爸一块儿去了奶奶家。奶奶家的房子在一座小山坡上,他们得穿过镇长家的农庄才能到达。镇长家的农舍外的台阶上拴了一条大黑狗,当它看见阿特勒他们的时候,一下子跳起来狂吠不止。爸爸看到大黑狗不停地叫,忍不住笑了出来。大黑狗冲着他们露出锋利的牙齿,拼命想要挣脱系在自己脖子上的绳子。

"伙计,安静!"爸爸对大黑狗说,"你不要这么紧张!"

阿特勒低下头,悄悄绕到爸爸的另一边,想离那条狗尽可能远一些。之后,他们经过了一个很大的围场,里面养着一群母鸡。但是母鸡们一点儿都没有注意到他们俩。

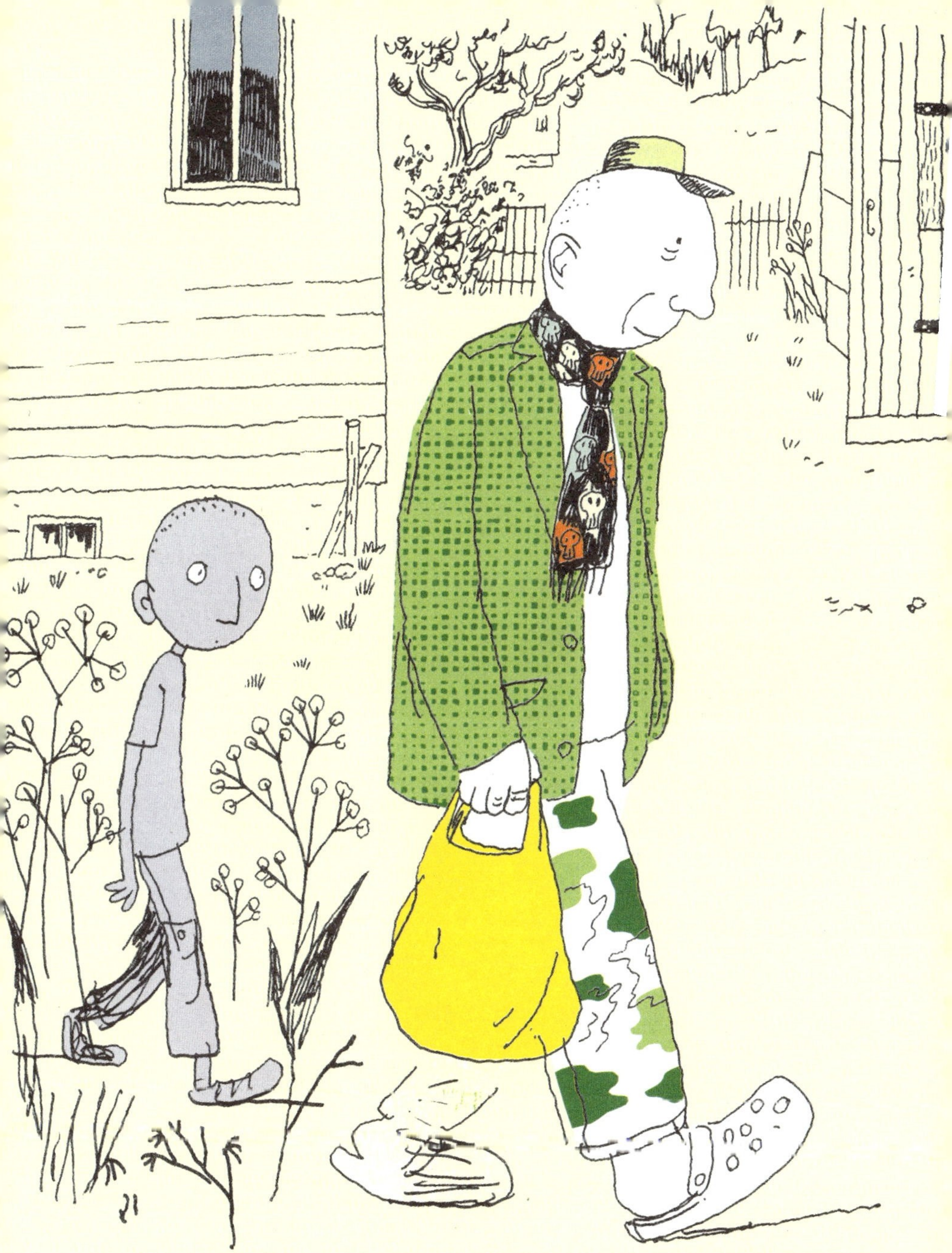

那条大黑狗在他们走过去很远之后还在不停地叫唤。"你没有被那条狗的叫声吓着吧?"爸爸笑着问。

"当然没有。"阿特勒说,"我就是想看看母鸡。"

"这就是拿了金牌的那只。"爸爸指着其中一只母鸡说道。

阿特勒顺着爸爸手指的方向,看到一只雪白雪白的母鸡正趾高气扬地走在鸡群中间,羽毛在月光下闪闪发光。

"想象一下它拿到金牌时的样子吧。"爸爸说。

"镇长因为这件事出名了吗?"阿特勒问。

奶奶家的房子是一幢古老的别墅,从远处看去,就像是山坡上的一座城堡。别墅的窗户是黑色的,有一面墙上的木板仿佛快要掉下来了。大门上有一个狮子头形状的门铃,得按下它的舌头才会响。阿特勒站在外面,等着爸爸走上台阶去按门铃。在台阶的角落里,有一张巨大的蜘蛛网。

"我能就在外面等着吗?"阿特勒问。

爸爸摇了摇头,说:"你还是和我一块儿进来吧,她见到你会很高兴的。"

那扇黑色的大门"嘎吱嘎吱"地开了,爸爸走了进去,

> 你还是和我一块儿进来吧,她见到你会很高兴的。

消失在门后。阿特勒站在台阶上,注视着一只蜘蛛爬过那张巨大的蜘蛛网。

"你不进来吗?"爸爸的声音从屋里传出来。

"我这就进去。"阿特勒一边喊着,一边却悄悄向后退了几步。

他从台阶上退下来,看到在房子的另一边有一棵巨大的桦树,桦树下有一间小小的、旧旧的棚子,棚顶上铺满了金黄色的落叶。不远处,镇长家里的公鸡已经打了两次鸣了。阿特勒走过高高的、有些湿漉漉的草地,一直走到了镇长家的鸡舍那里,而且没有被大黑狗发现。

"你可真幸运,能够变得这么有名!"阿特勒对着那只冠军母鸡说。母鸡一直歪着头,旁边围着其他母鸡,它们都在跳来跳去。

"如果我有一只获过金牌的母鸡,说不定我也能变得很出名!"

就在这时,那条大黑狗闻到了阿特勒的味道。它用鼻子在空气中使劲嗅了嗅,然后又开始狂吠。

"别叫了!"阿特勒冲着它大喊,"我不会把这只笨鸡偷走的!"

突然,阿特勒好像想到了什么。他看了看大黑狗,又看了看镇长家的房子,接着,他又看了看整座农庄,还有鸡舍后面的灌木丛和森林。

阿特勒喃喃自语道:

"如果有人把这只母鸡偷走了,我就可以把它救回来了。那我肯定会上报纸的!"

这时,爸爸从奶奶家走了出来,他在院子里到处张望,喊着阿特勒的名字。

过了一会儿,他看到阿特勒从房子另一边的棚子后面走了出来。

"你去哪儿了?"爸爸问道。

"我就想去检查一下那个旧棚子。"阿特勒说。

爸爸笑了。

"那个旧棚子呀,早就应该把它烧掉了。"

然后,他们又沿着原路,经过镇长家的农庄走下小山坡。路上,阿特勒又瞥了一眼那只冠军母鸡,仿佛他和母鸡已经达成了某种秘密协定。但母鸡在鸡舍里面慢慢地踱步,很显然,它并不知道刚刚都发生了什么。

　　一回到家,阿特勒就跑进了自己的房间。他趴在地上,从床底下拉出一个蓝色的旧袋子,那里面藏着一包不能让爸爸和妈妈找到的衣服。他把这个包袱放在床上摊开,露出了超级英雄——黑色侠的装扮。距离小宗、奥丝和他一起变身为超级英雄已经过去一段时间了。那一次,黑色侠、棕色侠和青蜂侠携手作战,在黑夜的掩护下,将那几个坏男孩的自行车刷上了油漆。虽然他们差一点儿就被警察发现了,但是那些坏男孩也得到了应有的惩罚[1]。阿特勒一想到这件事,就忍不住咯咯地笑。他伸手抚摸着黑色侠的斗篷,这是他用妈妈的一件黑色的旧夹克做成的。

---

[1] 以上内容见作者的上一部作品《棕色侠》。——编者注

阿特勒把包裹重新放回床底下,然后从房间出来,爬下梯子。他记得在地下室里面还放着几个旧麻袋。地下室里又黑又冷,每一次不得不进来的时候,阿特勒都会觉得有些害怕,因为他必须得走至少十步才能走到灯的开关那里,而且即使把灯打开,灯泡也不太亮。阿特勒觉得自己仿佛看到有什么东西在热水箱那里动,于是往后退了一步。借着灯泡微弱的光亮,他看到在空果酱瓶和一个工具箱后面,有几个旧麻袋捆放在一起,麻袋上面有很多洞。那正是阿特勒要找的东西。他拿起一个麻袋,用手量了量,发现没有一个洞大到能让一只母鸡通过。

阿特勒还在厨房的食品柜里面找到了一袋葵花子。他把麻袋、葵花子和超级英雄的衣服一块儿放到了床底下。

当夜幕降临之后,阿特勒穿上了他的黑色斗篷。黑色侠已整装待发。但是这一次,他没有油漆,而且完全是独自行动。他将葵花子放进口袋,把旧麻袋夹在胳膊下面,蹑手蹑脚地走下楼梯,然后踮着脚尖一直走到大门外,以免被爸爸妈妈发现。当他来到外面的时候,看到天空中挂

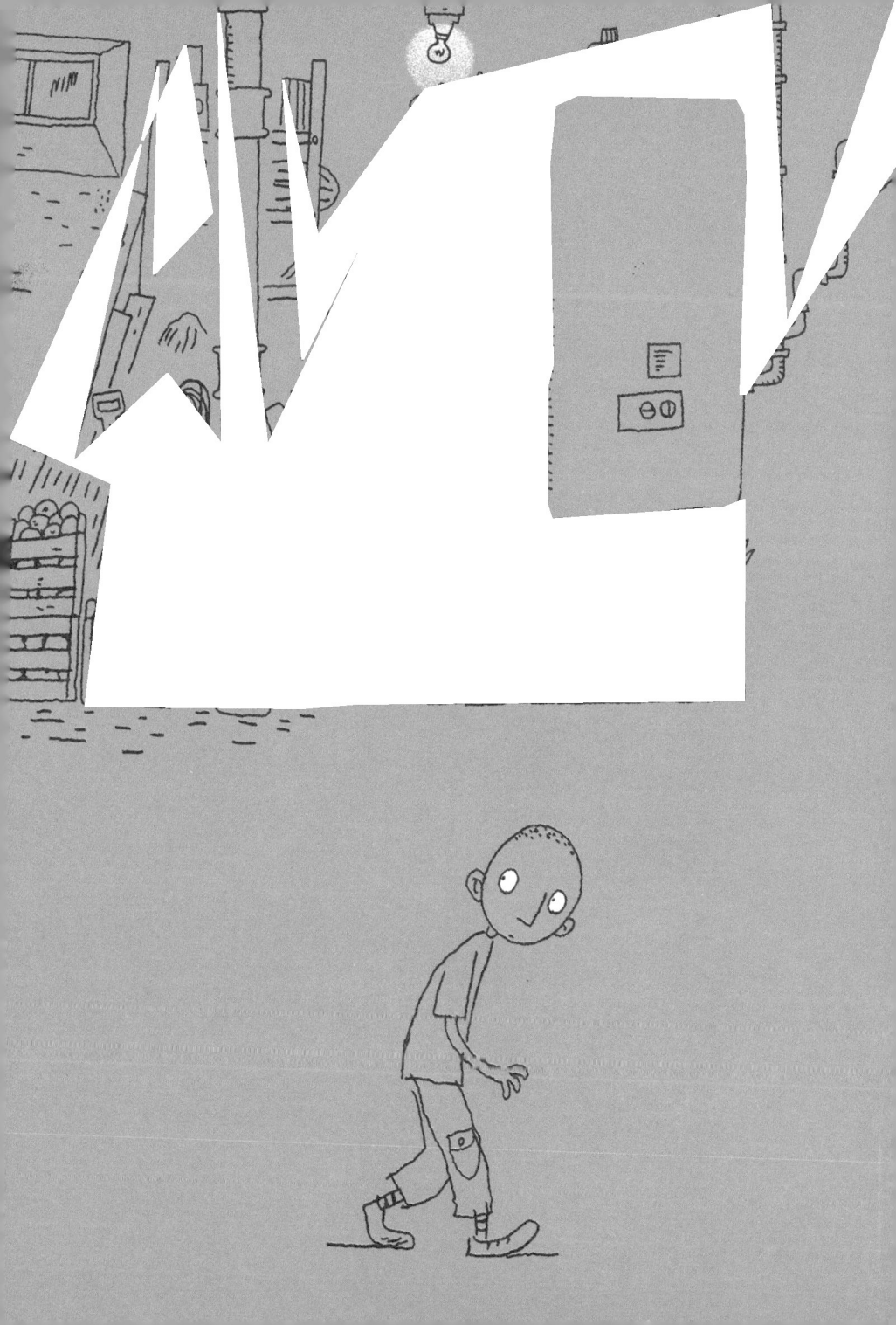

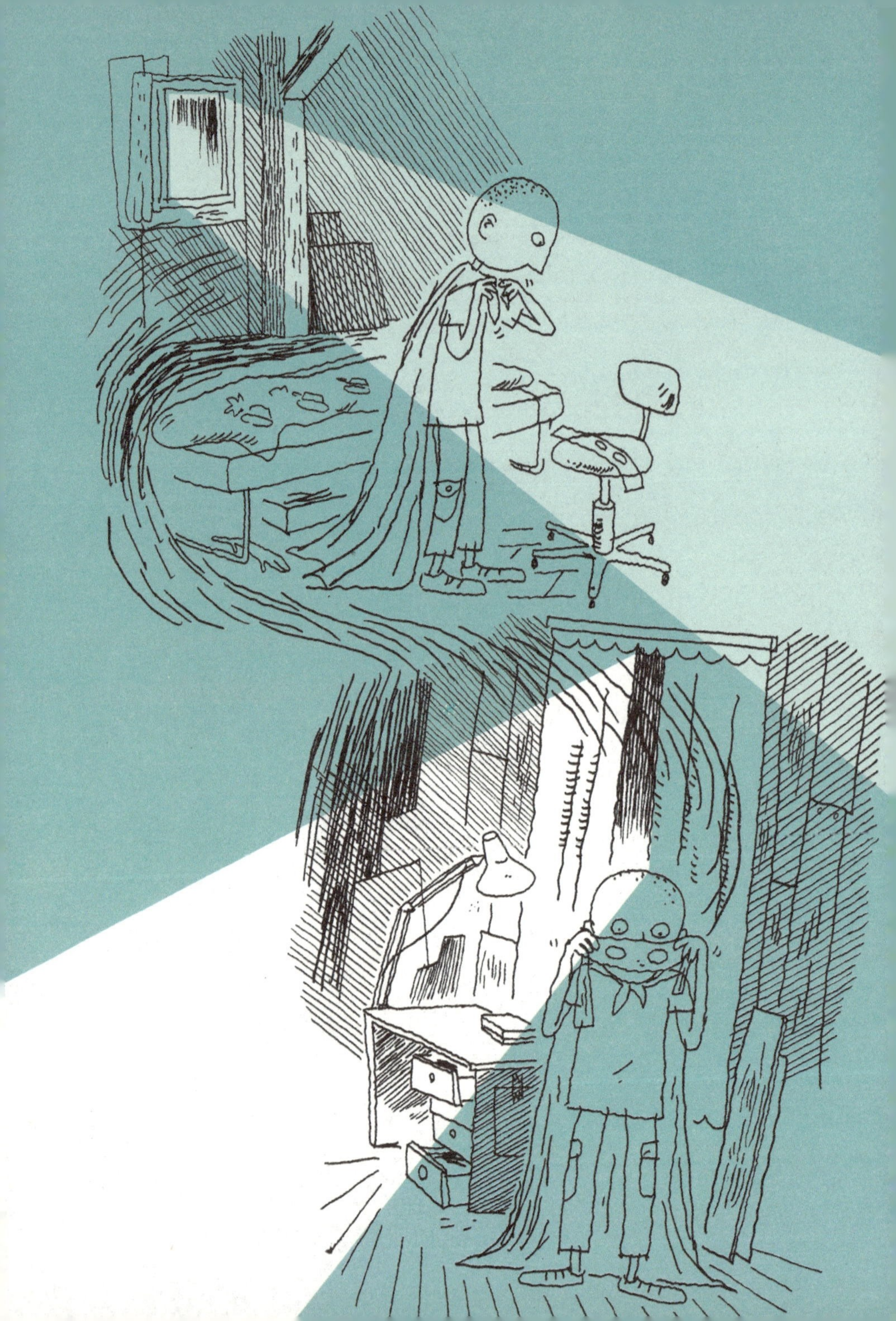

着一轮明月,正慢慢地在黑色的云朵间穿行。家家户户都黑着灯。

黑色侠快速跑上大路,穿过地下通道,经过商店,一直跑到了奶奶家坐落的那座小山坡上,那里还有镇长家的农庄。镇长家的窗户里面也是一片漆黑。黑色侠深深地吸了一口气,然后来到了农庄下方的树林里。为了不被那只大黑狗闻到他的味道,他没有走大路,而是绕了一大圈。现在,他离鸡舍只有几米远了。黑色侠在湿漉漉的草地上爬行,一直爬到了鸡舍的门口。鸡舍的墙上挂着一个铁钩,拴住了门。黑色侠把铁钩轻轻抬起,打开门,溜了进去。鸡舍里一片安静,母鸡们都在睡觉。他径直来到那只最美丽的母鸡——也就是那只得了金牌、被登在了报纸上的母鸡面前。

这时,有一只母鸡发出了咕咕的叫声。黑色侠顿时僵住了。不过还好,它只是在做梦。黑色侠立刻拿出他准备好的旧麻袋,一下子把冠军母鸡从头到脚套了进去。他的动作很快,一点儿声音都没有弄出来,很轻松地就把袋口扎好了。但不知怎地,他还是吵醒了另外一只母鸡。那只

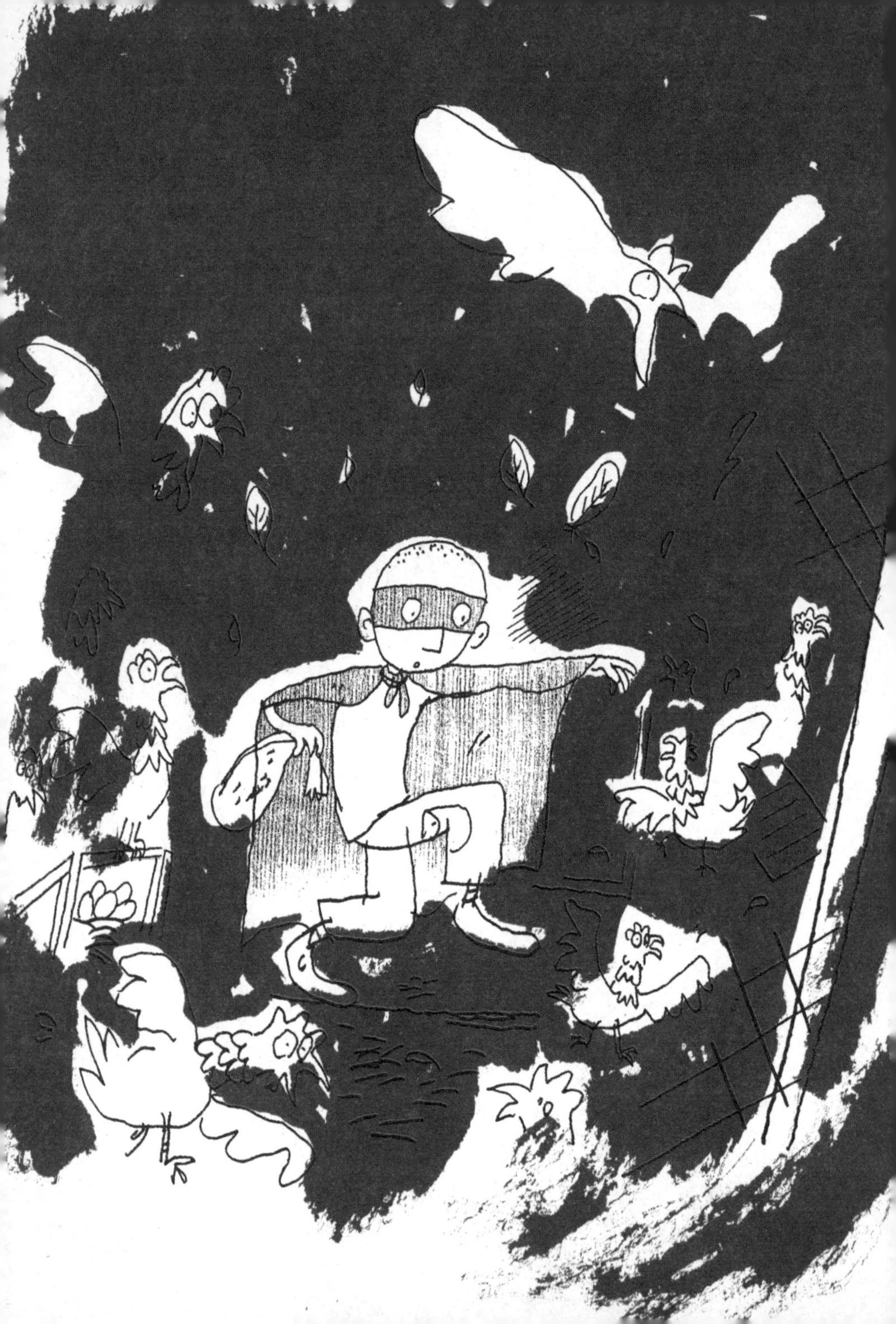

母鸡开始尖叫,转瞬间,所有母鸡都醒了过来,纷纷拍打着翅膀,不停地鸣叫,鸡舍里面满是飞舞的羽毛。黑色侠在这间小小的鸡舍里什么都看不清,他试着让这些母鸡安静下来,但是已经晚了,现在,就连公鸡都开始叫了起来。黑色侠当机立断,他把袋子扛在肩上,迅速冲出了大门。现在,那条大黑狗也开始狂吠不止。黑色侠看到镇长家的灯亮了,他手忙脚乱地把铁钩重新挂好,然后向鸡舍后面跑去。装着母鸡的袋子很沉,但是黑色侠可以把它背在身后。这时,镇长家的大门打开了。黑色侠立刻蜷着身子躲进了鸡舍后面的一处草丛里。

冠军母鸡把头从袋子上的一个洞里面探出来,有些困惑地看着黑色侠。

"别出声!"黑色侠小声地对母鸡说,"不然我就不救你了!"

"安静点儿!"他听到镇长冲着那条大黑狗喊道。

黑色侠为了不被发现,屏住了呼吸。他能感觉到自己的心脏在狂跳。

镇长走到石子路上,安抚着大黑狗。

"这里没有危险。"他说。

然后,镇长走向了鸡舍的大门。

"你把这些母鸡都吓坏了。"他回过头去对大黑狗说,"你看,门关得好好的,一切正常。刚刚肯定是有一只獾跑了过去。"

说完,他就沿着石子路走回了屋子里。进门之前,他还不忘再次冲着大黑狗叮嘱了几句。确定镇长不会再回来后,黑色侠站起身,开始狂奔。他将袋子背在自己的身后,用尽全力跑到了奶奶家那里。奶奶家的窗户里面也是一片漆黑。他蹑手蹑脚地经过大门口,来到了那棵大桦树下的、有些破败的棚子前。他将袋子拖进棚子里,然后打开了袋子。

"现在你可以出来了。"黑色侠尽量用最温柔的语调说道。

母鸡拍打着翅膀从袋子里面跳了出来。它在棚子里跳上跳下,咕咕地叫着,然后又停下来,歪着脑袋不解地看着黑色侠。

"你只需要在这里住上很短的一段时间就可以了。"黑色侠小声说,"我会再'找到你'的。然后,我们俩就都可以登上报纸了!"

母鸡东瞧瞧西望望,继续咕咕地叫,还挥舞着翅膀,在棚子里转了一圈,就像是在参观一样。

"你看!"黑色侠从口袋里拿出那包葵花子,说,"这是你的'旅行食品'。如果奶奶来了的话,你一定要藏起来!"

他把葵花子倒在地上。母鸡看看葵花子,然后又抬起头看着他。

"我明天早上再来。"黑色侠说,"那时我就会'救你'

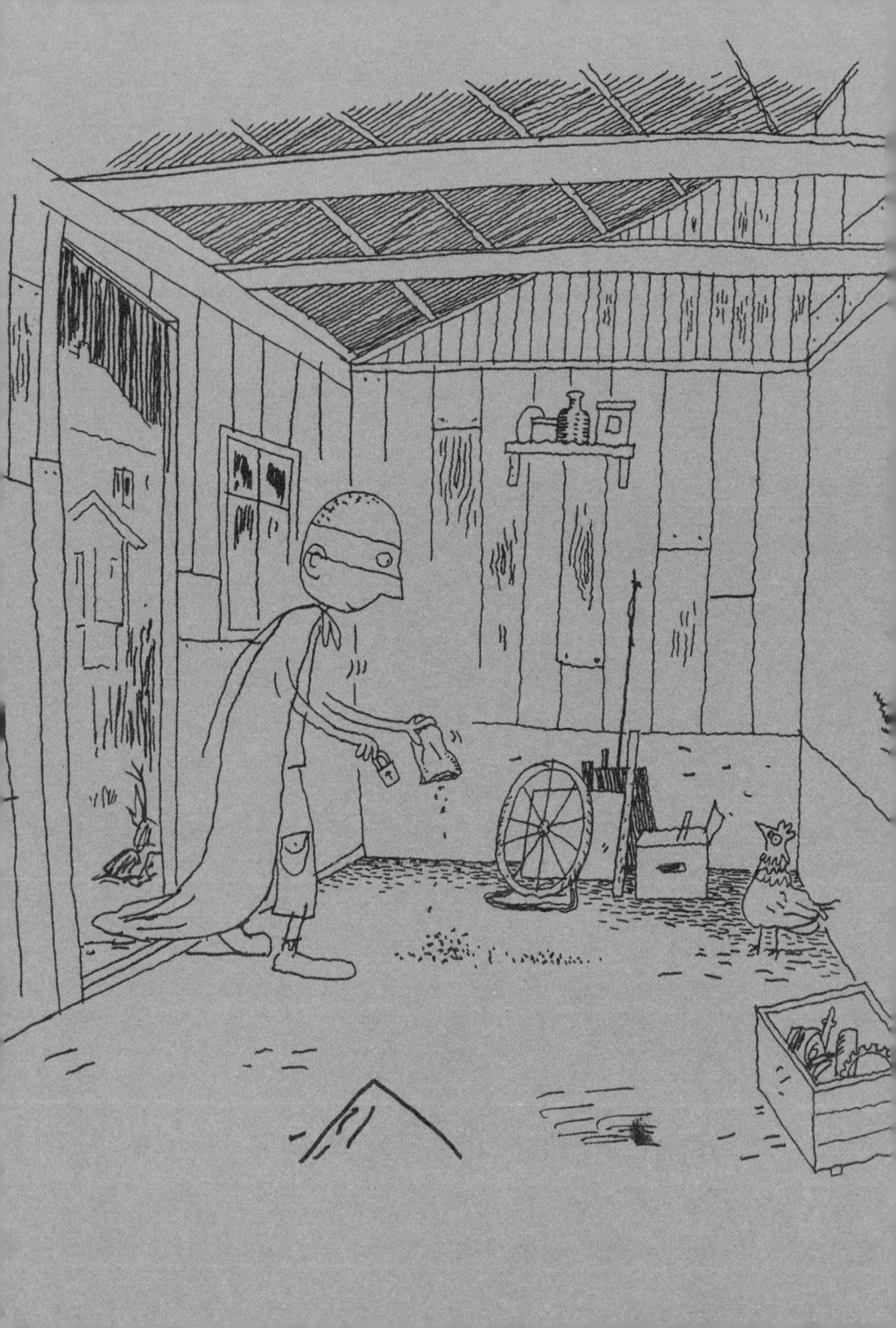

离开的!"

他转身出去,用带来的一把挂锁将棚子的门锁好。现在,他终于可以长舒一口气了。但是,黑色侠觉得自己的心还是狂跳不止。他发现,因为刚刚趴在湿漉漉的草地上,自己的衣服已经全都湿透了。外面起风了,风吹动大桦树的树冠,狂野地摇摆着树枝。一时间,黑色侠觉得浑身冰冷。他打了个寒战,然后摘下自己的面具,沿着黑色的路,一路往家跑。

当他跑到家门口的台阶时,全身都已经快要冻僵了。他悄悄地溜进家门,爬上梯子,回到自己的房间,用尽最后一丝力气脱下湿乎乎的超级英雄服装,然后一头倒在了床上。

### 谁的鞋带？

阿特勒躺在客厅的沙发上。家里很安静，太阳刚刚从山上升起，温暖的金色阳光透过窗户照进来，洒满了整个客厅。这是他将镇长的母鸡"带走"后的第二天。阿特勒其实没有睡醒，是爸爸把他从房间里背下楼梯的。

"你看上去糟透了！"妈妈一边说，一边把手放在阿特勒的脑门儿上，"你在发烧！"

妈妈给他吃了一颗退烧药，但是那颗药很难下咽。阿特勒觉得使不上力气，浑身都在疼。

"你得好好地躺在这里,这样我才能照顾你。"妈妈说,"过几天你就会痊愈了。"

妈妈把沙发收拾出来,让阿特勒一直躺在上面。他时睡时醒,不知道现在究竟是白天还是黑夜。有的时候,他会不停地出汗;有的时候,即使身上盖着两床厚厚的被子,他也会冷得发抖。

后来,他听到有人敲门,门外传来的是奥丝和小宗的声音。妈妈告诉他们,阿特勒生病了,让他们改天再来。门再次关上了。

又过了不知多长时间,他躺在金色的晨光中,感觉舒服多了。他觉得自己的烧已经退了,他重新恢复了健康。阿特勒站起身来,感到一阵头晕目眩。家里人都还没有醒,窗外的马路上也是空无一人。阿特勒在厨房里找到一袋燕麦片塞在怀里,然后穿上厚厚的外套和靴子,小心地打开了大门。当他站在门外的台阶上时,才意识到外面有多冷。虽然阳光温暖了屋内,但是屋外却并没有变暖和。他把外套的拉链拉好,快步走出了院子。他现在还没有力气跑,所以只能慢慢地走。在通往商店的地下通道里面有回声,以前他经过这里的时候总会大吼几声,但他的嗓子在生病后就几乎发不出什么声音了。

当他快走到奶奶家那个关着冠军母鸡的棚子时,他感觉自己好像听到了母鸡咕咕的叫声。还是他走路的脚步声?或者只是他的呼吸声?他快速爬上小山坡,来到奶

奶家屋外，经过后门来到那个棚子前。他看到他的锁还挂在门上，但门却是打开的。阿特勒冲了进去，只见地上到处都是白色的羽毛，还有一些葵花子，但就是没有那只母鸡。难道冠军母鸡逃跑了？阿特勒检查了大门，那把锁还牢牢地挂在上面，但有人把整个门闩弄断了。

阿特勒跑下小山坡。经过镇长家时，他又看到了那条大黑狗。这一次，它没有站起来，也没有叫。阿特勒一路跑过他们三人的小木屋，一直冲到了奥丝家门口，按响了门铃。过了很长一段时间，奥丝的妈妈才出来开门，身上还穿着睡袍。

"阿特勒？现在也太早了吧！"她有点儿吃惊地说。

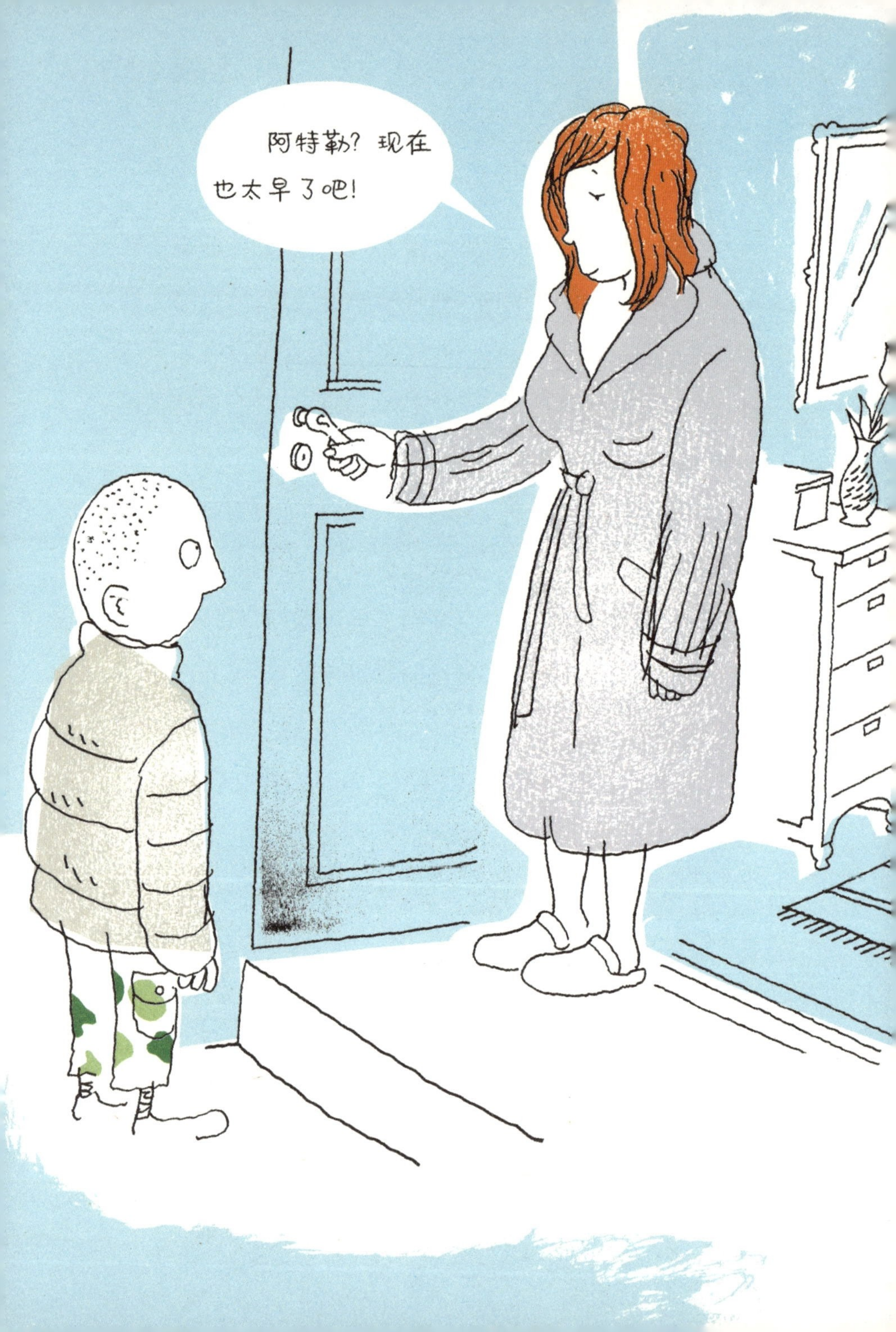
阿特勒？现在也太早了吧！

"我有事得找奥丝商量。"阿特勒说。

"现在才六点。"奥丝的妈妈说,"奥丝还在睡觉呢。"

"但是出了一件大事!"阿特勒说。

奥丝的妈妈还是让他进来了。她走上楼梯然后又很快地下来,告诉他奥丝已经醒了,请他上去。

"出了一件大事!"当阿特勒见到奥丝的时候,他又说了一遍。

奥丝已经穿好了衣服,但看上去还是没有睡醒的样子。

"你得醒醒!"阿特勒说,"有人冲进了奶奶家的棚子里!"

"是那几个坏男孩吗?"奥丝问道。

她指的是那几个很久以前曾经把他们的小木屋给拆了的男孩。她现在一下子清醒了。

"他们可能是在复仇!"奥丝说。

"我不知道。"阿特勒说,"门被撬开了,那只母鸡也不见了!"

"什么母鸡?"奥丝揉着眼睛问道。

"现在重要的是有人入室行窃!"

"什么样的母鸡?"奥丝问,"如果是有人入室行窃的话,我们就得打电话报警。"

"不,我们得找出是谁入室行窃!"阿特勒连忙说,"你懂得一些关于侦探和间谍的事情,我们现在没有时间可以浪费了。"

奥丝和阿特勒一块儿下了楼,奥丝的妈妈给他们两个都准备了早饭,是香甜的奶酪圆面包和热巧克力。热气

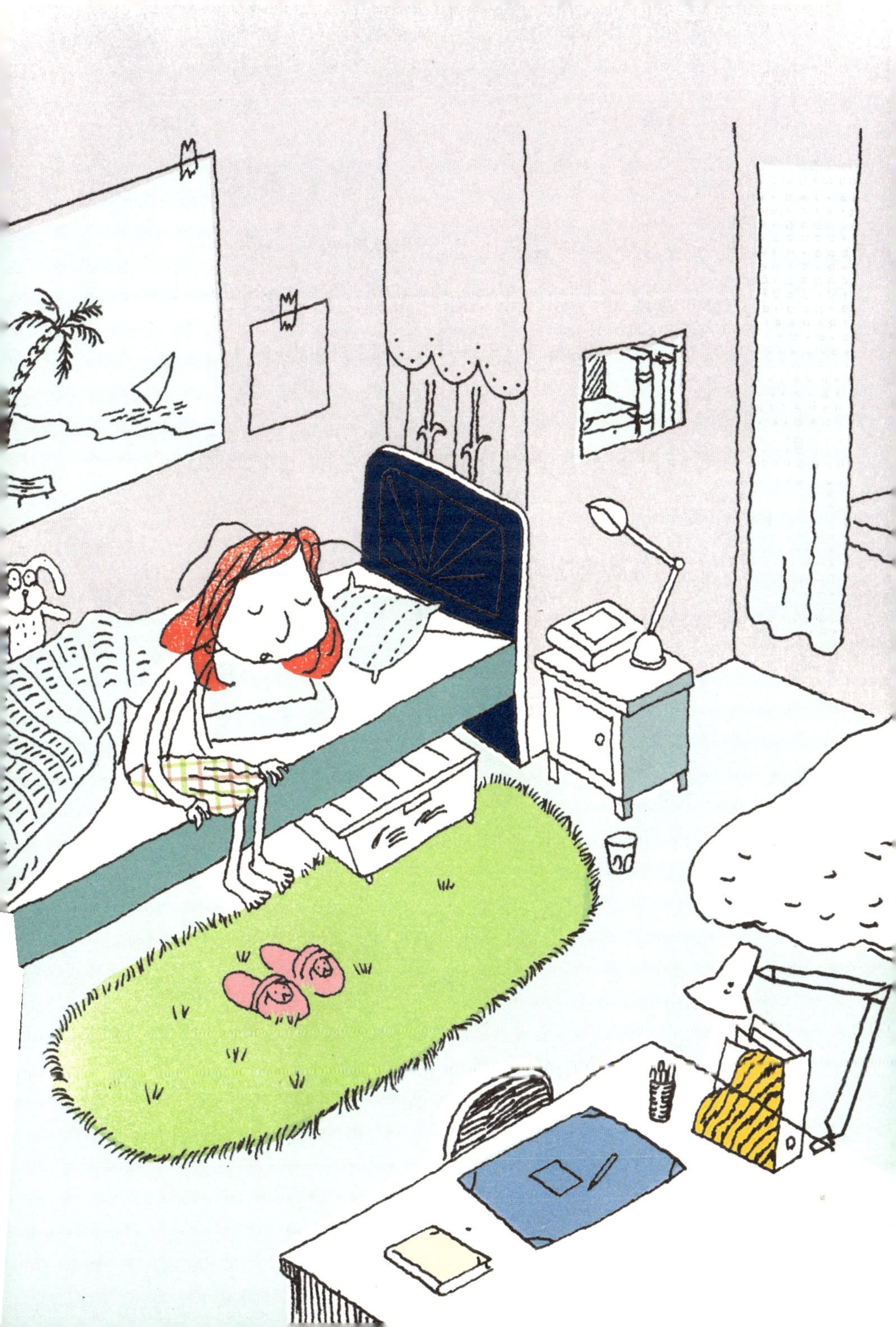

从热巧克力杯子中缓缓升起,阿特勒看了一眼放在桌子上的报纸,报纸上有一张站在鸡舍前的镇长的照片。镇长看上去很生气。照片下面印着几个醒目的黑色大字:冠军母鸡不见了!

阿特勒想在奥丝看到这则新闻之前把报纸翻过去,但为时已晚。

"你觉得偷走这只母鸡的,和闯入你奶奶家棚子里的,会不会是同一伙人?"奥丝问道。

"可能吧……"阿特勒吞吞吐吐地说,"因为棚子里留下了很多羽毛。"

"这就对了!"奥丝说,"现在我们就有了一条线索,然后,我们只要找出偷鸡贼闯进你奶奶家棚子的原因就可以了。"

"母鸡是不是被偷了还不确定呢。"阿特勒说,"可能是有人借走了它,为了之后再把它还回来,但是另有人在此期间把它又偷走了。"

"不可能。"奥丝说,"这根本就不合理。"

"为什么不合理?"

"为什么有人想要借一只母鸡？"

"或许是为了获得奖励呢？"

"借一只母鸡来获得奖励？"奥丝啼笑皆非地反问道，"什么奖励？怎么可能会有人这么笨？"

"当然有可能。如果有人能找到冠军母鸡，就会登上报纸，然后这个找到冠军母鸡的人就会变得很有名了。"

"这真的是太傻了。"奥丝说，"别打岔了，我们得像个真正的侦探那样思考问题！"

"但是如果有人在此期间生病了的话，在小偷儿偷走母鸡之前，他就来不及把母鸡还回去了呀。"

奥丝突然放下手中的杯子,盯着阿特勒看了很久。

"如果有人生病了?"她突然问道。

"是的。"阿特勒说。

说完,他就试着让自己陷入靠背椅中,想要藏在小小的圆面包后面。

"有人想要登上报纸变得有名?"

"是的。"阿特勒说,"可能是这样……但现在最重要的是我们得找到那个小偷儿,这样我们就可以在他吃掉母鸡之前把母鸡救出来。"

奥丝陷入了沉默。她坐在那里静静地思考着。阿特勒喝完了最后一口热巧克力,然后一直看着杯底黏稠的黑色残余物,不知道该说些什么。

"无论如何,闯入奶奶家都是非法的!"又过了一会儿,阿特勒突然说,"这个小偷儿比那个借走母鸡的人要坏得多。"

奥丝叹了一口气。

阿特勒不知道奥丝是什么意思,但她看上去很生气。

"是不是你偷走了镇长的母鸡?"

"是借。"阿特勒纠正她。

"偷东西是违法的！"奥丝说。

"如果他之后把东西还回去，就不是偷。"

"这就是偷！"

"如果你从你妈妈那里借了一支圆珠笔，你肯定不会说你是偷走的吧？"

"不会。"奥丝说，"但是母鸡呢？"

"我本来是打算借走它的，这样我就能再'找到'它了。"

"我觉得，当你拿走很大的东西的时候，那就是偷。"

"一辆自行车可比一只母鸡要大得多。"阿特勒说，"如果你借走我的自行车，然后再还回来的话，我可不会说你是一个小偷儿。"

"是的。"奥丝说，"但……但那是因为我们是朋友……"

她使劲摇了摇头。

"我觉得肚子疼。"奥丝说，"所以这肯定是不对的。"

"那个偷走母鸡的小偷儿肯定更不对。"

奥丝又陷入了沉默中。

"好吧。"最后,她终于开口,"我们得先找到那个小偷儿,毕竟他才是最坏的人。"

他们俩给小宗打了电话,让他即刻到阿特勒的奶奶家去会合。奥丝还带上了她的放大镜。他们俩一块儿走上小山坡,路上经过了镇长家的农庄。那条大黑狗站在外面生气地看着他们,然后,它开始狂吠。阿特勒不由自主地想藏到奥丝身后去。

"会不会是镇长把他的母鸡抱回去了?"奥丝说,"那么他就不是小偷儿了。"

"希望不会吧。"阿特勒说,"不然这一切就毫无意义了。"

棚子的大门还是开着的。奥丝不停地进进出出,用她的放大镜仔细地查看棚子里里外外每一寸地方,阿特勒

一直跟在她的后面。就在他们两个进行调查的时候，小宗也跑着赶了过来。

"为什么要我赶快过来呀？"小宗问。

"我们正在调查一起入室行窃的案件。"奥丝说。

"那这里为什么有这么多羽毛？"小宗疑惑地问。

"这你得问阿特勒。"奥丝说。

阿特勒装作正在非常忙碌地找寻小偷儿留下的痕迹的样子，好像没有时间回答小宗的问题。

"我们要找到线索才行。"奥丝说。

"我爷爷以前做间谍的时候,曾经找到过一条好几千米长的线索呢。"阿特勒说。

"我们要找的不是'线'。"奥丝说,"我们要找的是痕迹,像是脚印、小东西什么的,痕迹能够帮助我们找到坏人。"

"我当然知道了。"阿特勒连忙说。

奥丝继续用放大镜研究着每一寸地方。这时,小宗从草丛里面捡起了一根鞋带。

"这肯定不是什么线索。"说完,他把鞋带扔了回去。

奥丝抬起头来。

"你找到了什么?"

"我找到了一根鞋带。"小宗说,"不是你要找的那种线索。"

"拿来看看!"奥丝说着,跑过去捡起了那根鞋带,"这是一条很重要的线索。"

"这里为什么到处都是羽毛?"小宗又问了一遍,"那个小偷儿是一只母鸡吗?"

"我借走了镇长的母鸡。"阿特勒说,"但是它现在被偷走了。"

奥丝又研究了一会儿那根鞋带。

"如果我们能找到这根鞋带的失主,我们就能找到小偷儿了。"她说。

"我在报纸上看到了关于那只母鸡的事情。"小宗说,"但是上面没写镇长把它借给别人了呀。"

"是的……"阿特勒说,"他其实不知道是我借走了他

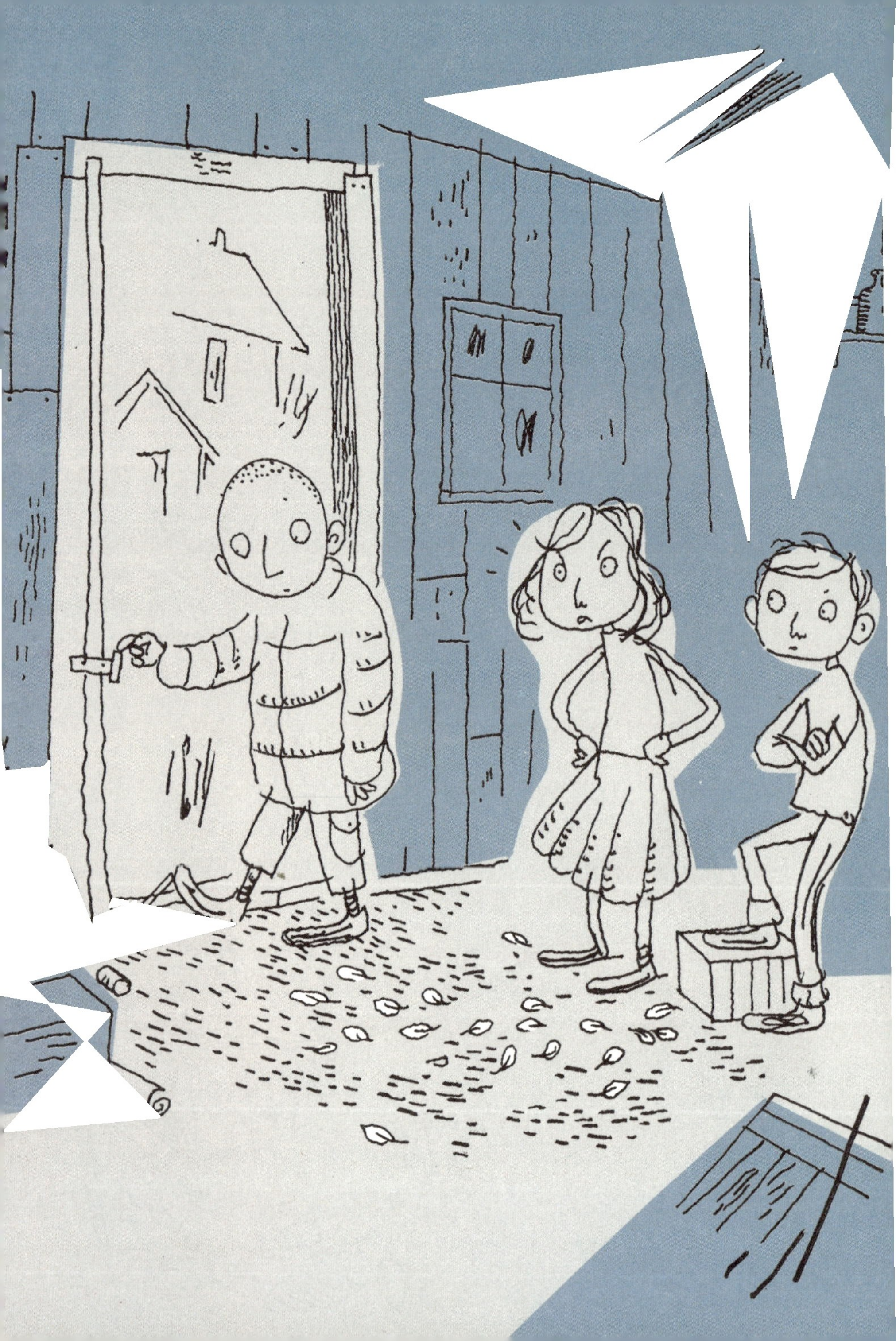

的母鸡。所以我们现在得在别人觉得我是小偷儿之前先找到母鸡。"

"他不知道你借走了母鸡?"小宗说。

"我们现在得赶快找到那个小偷儿,不然我们就要有大麻烦了!"阿特勒说。

奥丝站起来,把放大镜放回外套的口袋里。

"阿特勒,"她说,"不是'我们'有大麻烦了!是你!是你把镇长的母鸡偷走的,不是我,也不是小宗。但是我们可以帮助你找到母鸡,然后你必须自己把剩下的事情处理好!"

"我不是小偷儿。"阿特勒说,"我只是借走了它。"

"我们现在该怎么找到丢鞋带的人呢?"小宗问。

"我们得去仔细查看我们遇到的每一个人脚上穿的鞋。"奥丝说,"我们得去一个大家都会去的地方。"

商店还没有开门,但是阿特勒、小宗和奥丝已经坐在了外面的长椅上。不过,因为现在还没有人过来,所以也没有可以让他们研究的鞋。第一个出现的人,是开着他那辆黄色货车的商店经理。他把车停好,然后从车上跳了下

来。三个孩子注视着他的鞋。他今天还是穿着那件带兜帽的外套,手里晃着钥匙,懒洋洋地朝着他们走过来。

"早上好,小家伙们。"商店经理说,"你们今天出来得可真早哇。"

"我们是出来找东西的。"小宗说。

"是吗?"商店经理问道,"你们要找什么呀?"

"我们要找出是谁偷……"在小宗全部说出来之前,奥丝赶忙把他的话打断。

"头一班的车去赫内福斯!"奥丝急忙说道,"我们要找出是谁会坐头一班的车去赫内福斯!还有今天一整天会有多少人坐这辆车。"

"这是公共交通局局长交给我们的任务。"阿特勒说。

"公共交通局局长?"商店经理疑惑地问,"公共交通局局长为什么要给你们这个任务?"

"我妈妈在市里面上班,"奥丝说,"所以我们就得到了这个任务。"

"好吧。"商店经理耸了耸肩,说,"市里面肯定会有很多奇怪的事情。我要准备开门了。"

说完,他就走到大门口,从钥匙串里面找出一把钥匙。

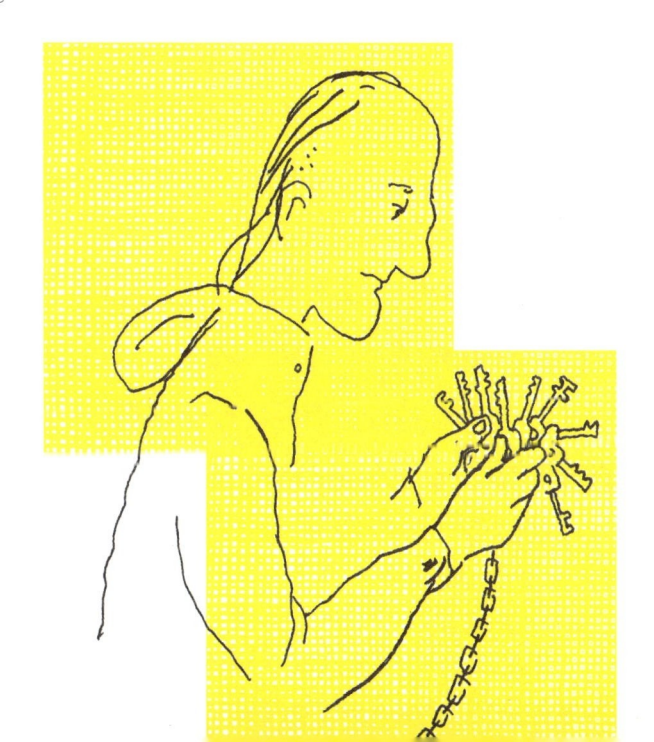

"好的,我们就坐在这里数就行了。"奥丝说。

"那好吧。"商店经理又看了他们一眼之后说道。

他把商店门打开,然后走了进去。但是没过一会儿,他就又把头探了出来。

"但是……这里没有去赫内福斯的公交车吧?"

"哦!"奥丝说,"我差点儿给忘了。等我们见到公共交通局局长之后我们会问他的。"

"现在的孩子可真是奇怪……"商店经理小声嘟囔着,然后又一次消失在门后。

奥丝小声地对另外两个人说:"我们不能让任何人知道我们在找偷母鸡的贼。"

"但是商店经理不是坏人呀。"阿特勒说,"作为一个偷鸡贼来说,他人也太好了吧?"

"这我们可不确定。"奥丝说,"当间谍的第一条守则就是不能随便下结论。"

"不过,我看到他的鞋上面并没有少鞋带。"小宗说。

"有一次,我爸爸的车被人偷了。"阿特勒说,"后来发现是市里面最好的一个人偷的。好人也会做坏事的。"

"如果偷了车的话,那他就不是好人了!"小宗说。

"我们必须要依靠事实证据。"奥丝说,"我们手里的鞋带就是证据。在我们知道更多信息之前,所有人都有可能是偷母鸡的贼,即便是那些看上去真的很善良的人。"

时间慢慢地过去,商店外面的停车场停了一辆又一辆的车。不断有男男女女进出商店,还有骑着自行车的小孩儿和走路的行人从商店门口经过。阿特勒、奥丝和小宗看到了白色、棕色、红色、紫色等各种颜色的鞋带。但是所有人的鞋上都是完好的两根鞋带。

国际大奖小说

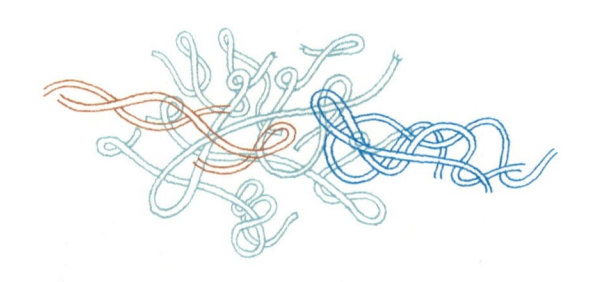

这时，一辆黑色的车停在了停车场，它的车窗也是黑色的。

"这是面包房的那辆车。"小宗说，"我们得跟上去。"

一个女人从车上下来，然后快步走进了商店。

"可她的鞋上没有鞋带。"奥丝说。

这时，车窗摇了下来，阿特勒看到了桑迪。他立刻从长椅上站起来，朝着她走过去。她正在朝窗外看。

"车很漂亮。"阿特勒说。

"是吗？"桑迪淡淡地说。

"等我爸爸变得很有名之后，我们会买三辆新车。"

桑迪打了个哈欠。

"我妈妈在美国有好几百辆车。每天出门前，思考我们到底应该开哪辆车都是很伤脑筋的事。"

"你们还没有搬走,这真是太好了。"阿特勒说。

"是吗?"桑迪说,"我们还在考虑这件事。"

这时,她看到了坐在长椅上的小宗和奥丝。

"他们就是你的那些疯狂的间谍小伙伴?"桑迪问。

"我们现在不做间谍了。"阿特勒说,"我们正在调查一起入室行窃的案件。实际上,我们现在正在协助警察工作!"

"我妈妈在美国时,帮助警察破了很多案件,但那是保密的,所以我不能说太多。"

桑迪的妈妈踩着高跟鞋走回车前,微笑着看着阿特勒。

"玛丽特,你交到新朋友了吗?"她对着桑迪说。

"不是的,妈妈。"说完,她就按了按钮,把车窗重新关上了。

阿特勒站在那里,看着这辆车驶离停车场,一直到它在主路上拐弯后消失不见才收回目光。然后,他走回奥丝和小宗身边。

"那就是桑迪?"小宗问。

"她看起来不是很好相处嘛。"奥丝说。

"她的妈妈特别有名。"阿特勒说。

"我真的觉得她看起来很平凡。"小宗说。

"她没有搬走。"阿特勒说,"这太好啦!她们还住在这里真是太棒啦。"

"我们现在是不是该集中在案件调查上!"奥丝大声地冲他俩喊道。

阳光照在商店前面的广场上,有四只海鸥盘旋在空中。又过去了几个小时,越来越多的人来到了商店,但是一个丢鞋带的人都没有。他们在这里坐了一整天。奥丝中间回了一趟家,给他们带来了吃的东西。阿特勒也叫来爸爸,给他们每人买了一瓶汽水。他们吃完了东西,喝完了汽水,有几只小鸟飞到他们脚下,吃着他们掉下来的食物碎渣。

"实在是太不走运了。"阿特勒说,"你们看,商店马上就要关门了。"

商店经理从里面把门打开,把一个巨大的箱子放在地上,然后转过身用钥匙把门锁上。

"你们还坐在这里吗?"他问,"今天有多少辆去赫内福斯的公交车呀?"

锁好门后,他从地上搬起箱子。箱子里面装了很多包燕麦和几根玉米。

"大概有一百辆。"小宗说。

"哈哈,有这么多辆吗?"商店经理笑了。

他把箱子搬到货车旁,然后打开车厢门,把箱子放了

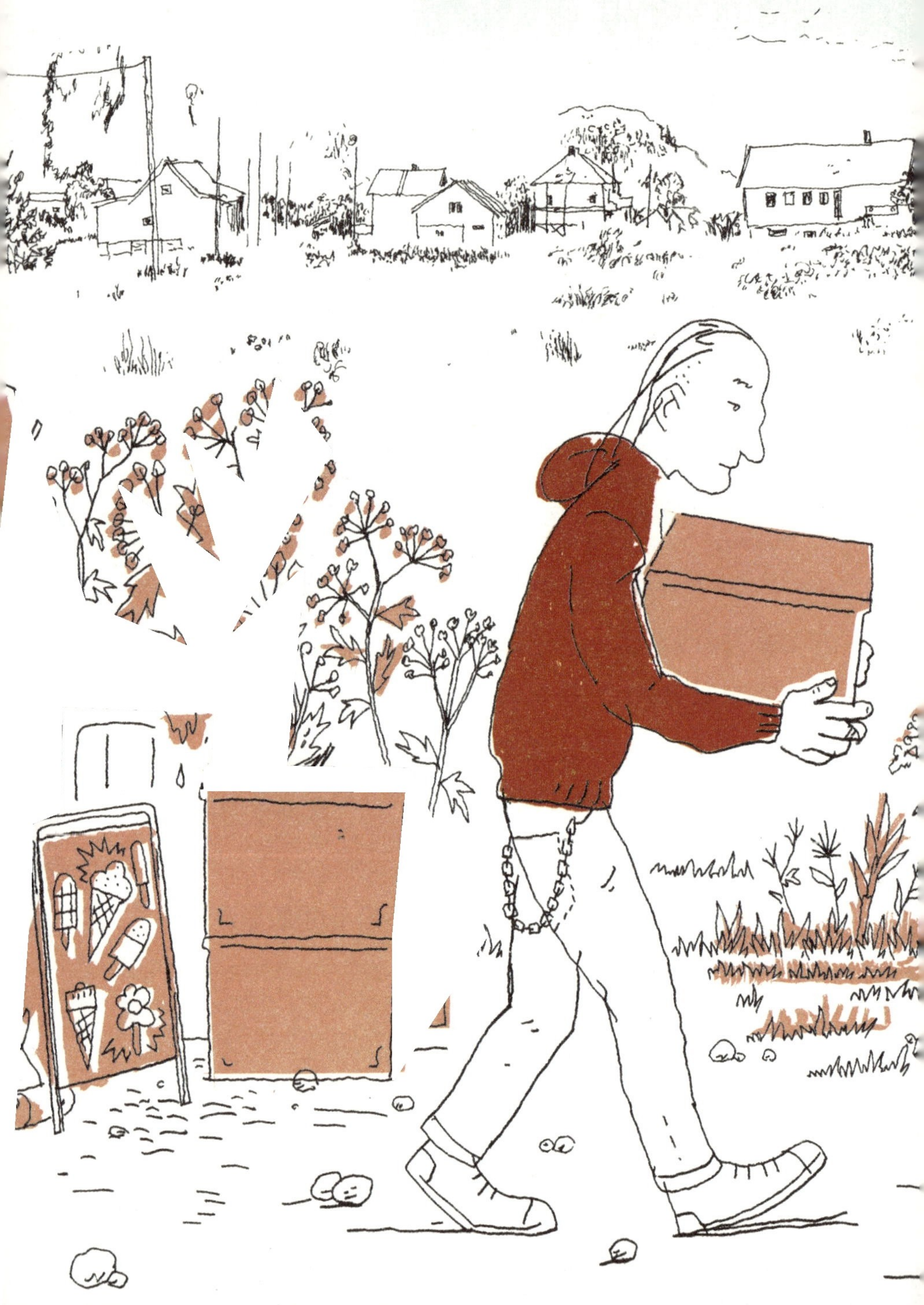

进去。

"准确地说,是九十八辆。"阿特勒说,"有一大群来旅行的人。"

"是吗?"商店经理说,"那么公共交通局局长一定会对你们非常满意的。"

奥丝什么都没有说,她只是坐在那儿,一直盯着商店经理的那件带兜帽的外套。他朝着他们挥挥手,然后跳上车,启动发动机。黄色的货车后面喷出了一股黑烟。

"再见!"他离开之前,朝着他们仨挥了挥手,然后把车开上了石子路。

就在货车颠颠簸簸地开走后,车后留下的黑烟中出现了一片白色的羽毛。

奥丝赶忙跳起来、冲过去,羽毛缓缓地落在她的手中。她拿出放大镜仔细地审视了一番。

"母鸡吃什么?"她问道。

"我不知道。"小宗说。

"葵花子吧。"阿特勒说,"它们肯定什么都吃,水果、种子、谷物什么的。"

"那燕麦呢?"奥丝问。

他们三个人互相看了看。奥丝手里拿着的这片羽毛,和他们在阿特勒奶奶家棚子外发现的那些一模一样。

"你们看到商店经理的外套了吗?"奥丝问。

阿特勒和小宗两个人互相看了看对方,然后一齐耸了耸肩。

"他的兜帽!"奥丝说,"上面少了一根帽绳!"

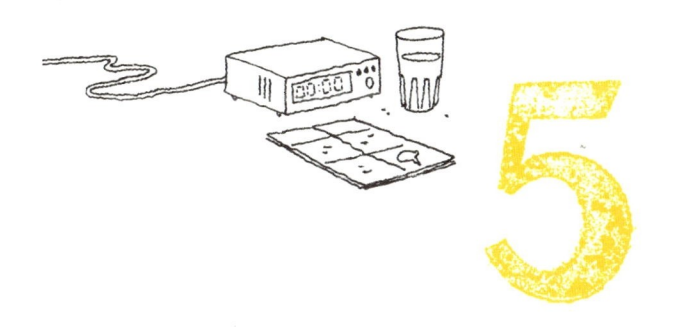

## 深 夜 行 动

当床头柜上的电子钟的数字变成四个零的时候,十二点钟到了。黑色侠的衣服和往常一样,放在床底下的蓝色包裹里。家里很安静,阿特勒拿起包裹,悄悄地爬下梯子,然后离开了家,踏入了深秋的夜色中。外面,别人家的房子都是黑色的,只有一两盏灯还亮着。阿特勒走过石子路,然后打开车库的门溜了进去。过了一会儿,门又打开了,黑色侠走了出来。他像一个影子般迅速地消失在了黑夜中。在他奔跑的过程中,斗篷不停地在他身后飘荡。

商店经理住在河下游的一座小小的红房子里面。超级英雄们已经约好在河流拐弯处的一个小船屋旁集合。黑色侠躲进了船屋后面的阴影里。从这里，他可以看到他跑过来时的那个小山坡，还有那条直接通向商店经理家的路。

这时，他听到有奔跑的脚步声从小山坡上传来。

"嗨！我在这里！"黑色侠小声说。

一个戴着蓝色面具的人出现了。

"青蜂侠前来报到！"她小声地说。

"黑色侠在这里。"黑色侠说。

他们坐在船屋的门口等待着棕色侠。一弯新月挂在天空中,月光穿过云层照射下来。时不时地有风刮过,所以他们都觉得有点儿冷。黑色侠将斗篷在身上裹紧。这时,脚步声出现了,有人跑了过来。一个身影加入了他们,是棕色侠。

他们沿着路边蹑手蹑脚地朝着商店经理家走去。他家大门口旁边的窗户里还亮着一盏灯,其他的窗户里面都是黑着的。他们仨来到院子里,爬到了货车的侧后方。

"你们说,商店经理现在是不是在睡觉?"棕色侠问,"你们觉得安全吗?"

"他肯定把母鸡放在外面的小屋里了。"青蜂侠说。

在外面小屋一旁高高的草丛里,放着一大捆可以用来建鸡舍的铁丝网。

"你们看!"黑色侠说,"他肯定是在计划着去偷更多的母鸡!"

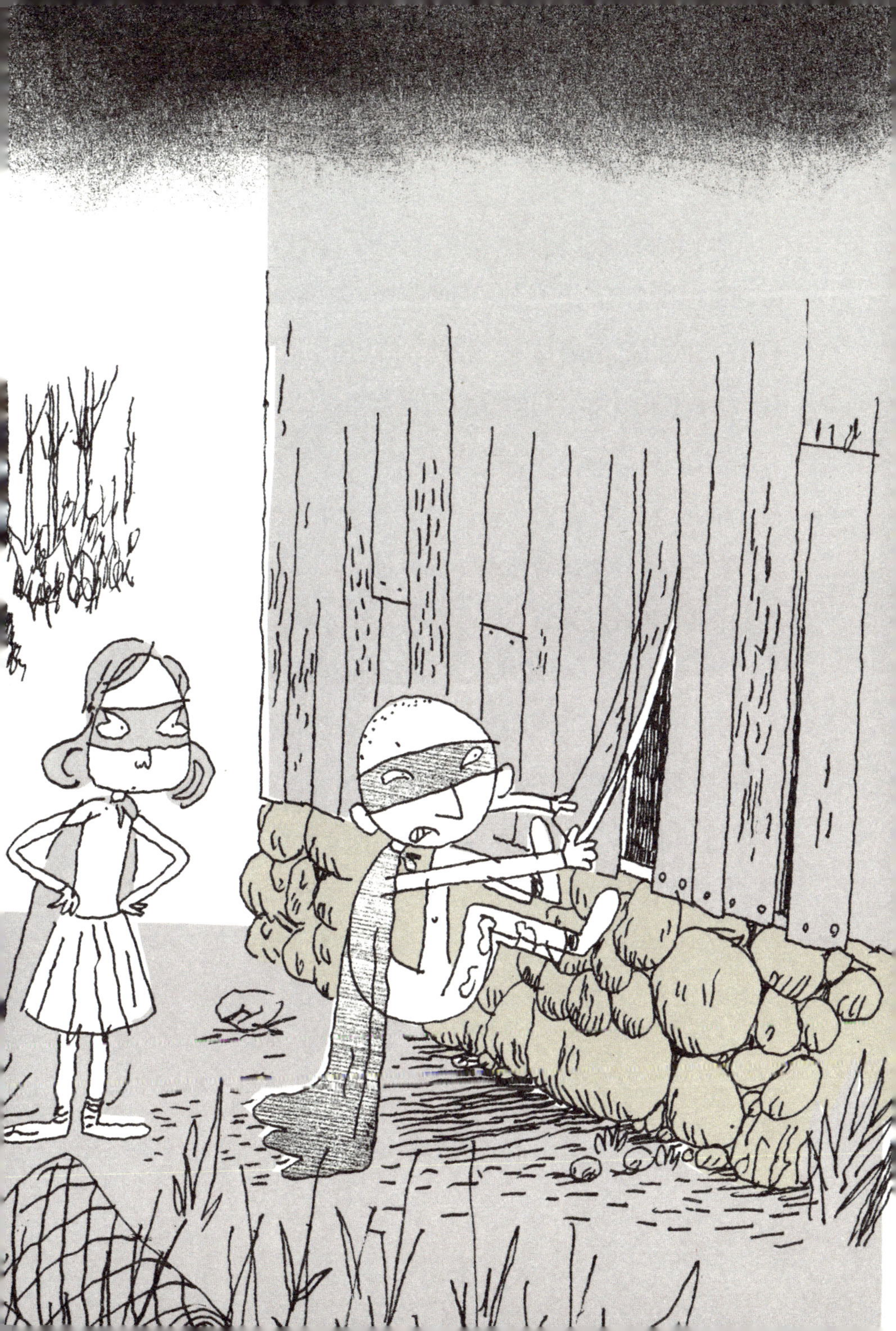

他们悄悄地移动到外面的小屋旁，然后无声无息地来到小屋的后面。黑色侠的脸蹭到了一张蜘蛛网，吓得他打了一个寒战，赶快抹了一把脸。他们想要看看小屋里有什么，于是透过木板间的缝隙朝里面望去。

"我们得试着卸下一块板子。"黑色侠说，"这样我们就能溜进去了。"

然后，他开始试着松动一块木板。木板随着他的动作吱吱作响，声音越来越大。

"小声点儿！"青蜂侠说，"你会把商店经理吵醒的。"

"这很简单。"黑色侠说。然后，他开始拉动木板的另一边，但是它依然牢牢地固定着，一动不动。棕色侠也来帮忙拉动木板。黑色侠觉得木板上的小木刺扎得他手很疼，但是他不能放弃。

这时，木板上的钉子开始慢慢松动了。但突然，一声巨响后，小屋开始摇晃，屋顶上有片瓦片滑了下来，正好掉在了他们中间。

"噢！"青蜂侠大喊道。

这片瓦片正好砸到了她的脚上。

"安静！"黑色侠小声说。

小屋里面响起母鸡咕咕叫的声音。

"你们听,母鸡就在这里!"棕色侠说。

"我可能得去看医生。"青蜂侠说,"我的脚趾好像断了！"

"但是我们现在必须得先抓住母鸡。"黑色侠说。

"那我的脚趾怎么办?"青蜂侠哭了出来。

"我们现在可不能放弃呀！"黑色侠说。

"我看到母鸡了。"棕色侠好像拿出一个手电筒朝小屋里面照了照,说,"它就在一个角落里。"

"我们必须得放弃了。"青蜂侠说,"我的脚实在是太疼了。"

"再给我十秒钟！"黑色侠说。

这时,他们听到商店经理家的大门被打开的声音。

"有人吗?"他喊了一声。

"快把你的手电筒关上！"青蜂侠小声说道。

"那不是我的手电筒！"小宗说。

一束手电筒的光照了过来。它不但照进高高的草丛

里，还照进了小屋木板的缝隙间。

"外面有人吗？"商店经理又喊了一句。

青蜂侠用手捂住了嘴。黑色侠看着她，看到了她眼里的泪花，知道她肯定已经疼得受不了了。

他们听到商店经理的脚步声离他们越来越近，手电筒的光也在不停地照射到新的地方。他们听到他打开了小屋的门。

"是不是有狐狸吓着你了？"三个人听到商店经理对母鸡说道，"今天晚上你还是到房子里来吧。"

当他把母鸡举起来的时候，母鸡开始咕咕地叫。他们听到商店经理走过院子，回到了房子里。青蜂侠这才把手从嘴上拿下来。

"我的脚趾肯定断了。"她说。

"我们必须得放弃了。"小宗说，"这是件不可能完成的任务。"

商店经理家的灯亮了。他们可以透过窗子，看到他在房子里面走来走去。

"我们必须得想办法把那只母鸡给弄出来。"黑色侠说。

"这是不可能的。"青蜂侠说，"现在，我必须得回家了，而且我很有可能需要去一趟医院。"

青蜂侠已经没有办法一个人走路了，必须得借助另

国际大奖小说

外两个超级英雄的帮助,在他们的搀扶下慢慢往回走。

在夜色的掩映下,他们走过船屋,爬上了黑色的小山坡。

## 华夫饼是热的!

阿特勒把奥丝家的门铃按了几乎有十次,但是没有人来开门。过了一会儿,他转身朝小宗家走去。小宗在家。他们见面后一块儿再来到奥丝家门口,但是还是没有人来开门。他们坐在台阶上等。过了一会儿,他们绕着花园走了几圈,直到小宗听到了奥丝妈妈的汽车开过石子路的声音。

"你们好。"奥丝的妈妈朝着他们挥了挥手。

奥丝坐在车上,她的妈妈帮助她下了车。她的一只脚

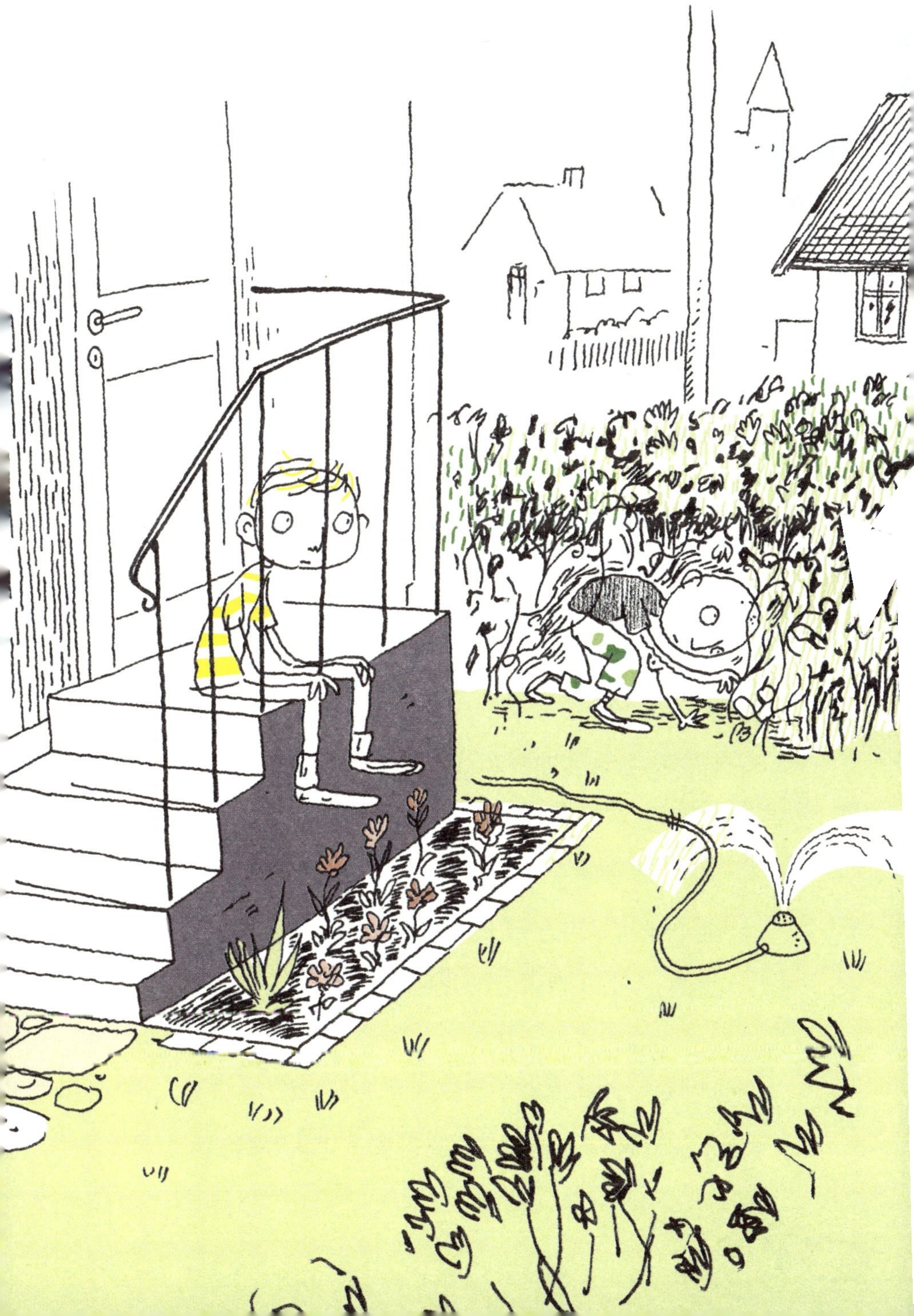

上打着石膏，必须得用拐杖才能走路。

"今天还在疼吗？"阿特勒问。

奥丝的妈妈很快地瞥了一眼阿特勒。

"你怎么知道奥丝是昨天晚上受的伤？"她奇怪地问。

"呃……不，"阿特勒有点儿慌了，"我的意思是，她现在看上去很疼。"

"我是昨天晚上受伤的。我被一个旧花瓶绊倒了，弄伤了我的脚。"奥丝说道。

"唉，那个花瓶不应该放在走廊里的。"奥丝的妈妈说。

"你的脚是被花瓶弄伤的？"小宗装作什么都不知道的样子问道。

"是的，我还断了一根脚趾。医生说情况很复杂。"

"那个花瓶是祖母留下来的。"奥丝的妈妈说。

"是的，一个非常难看的花瓶。"奥丝说，"爸爸以前老说希望它能够变成一千块碎片。"

小宗和阿特勒都笑了起来。

"那就会有一堆碎片落在你的脚上了。"阿特勒说。

当小宗和阿特勒扶着奥丝费力地爬上楼梯，进到她的房间后，他们赶紧关上门，以免奥丝的妈妈听到他们的谈话。

"医生其实认为这并不是花瓶造成的。"奥丝说，"但是当我告诉他那是一个特别旧、特别沉的花瓶后，他就相信我了。"

"我们现在该怎么抓住那只母鸡呢？"阿特勒问。

"我们只能放弃了。"奥丝说，"不然，我们就打电话报警，警察可以解决这件事。"

"我同意。"小宗说，"他们还可以把商店经理抓走。"

"我们不能报警。"阿特勒说。

"可我现在什么都做不了。"奥丝说。

"没关系。"阿特勒说,"你可以负责监视商店经理,我和小宗去取母鸡。"

"是的,你可以坐在商店那里盯着他。"小宗说。

"我只要坐在那里就可以了吗?"奥丝说。

"你当然比我们都更擅长监视别人。"小宗说,"你可以假装成在卖体育俱乐部的华夫饼。"

"体育俱乐部我可一次都没有去过。"奥丝说,"我觉得我们还是得打电话给警察。"

"你可以把卖华夫饼赚的钱寄给其他国家的贫困儿童呀。"小宗说。

"好主意!"阿特勒说。

"这样的话……"奥丝想了想,说,"我可以试试。但是我们必须得小心行事,我觉得商店经理已经开始怀疑我们了。"

他们已经坐在一起计划了好几个小时了。奥丝负责制作华夫饼,阿特勒和小宗会在一开始的时候和她一起卖,他们还要用对讲机时刻保持联系。奥丝说他们要有秘密的暗号,这样别人才不会明白他们在说些什么。于是,经过讨论后,"华夫饼是凉的"意味着一切正常,没有危险,"华夫饼是热的"意味着商店经理正在回家的路上。

阿特勒回到家中,去地下室里拖拽出一张露营用的桌子,那上面满是黏稠的棕色斑点。当他把桌子搬到台阶上的时候,妈妈走了过来。

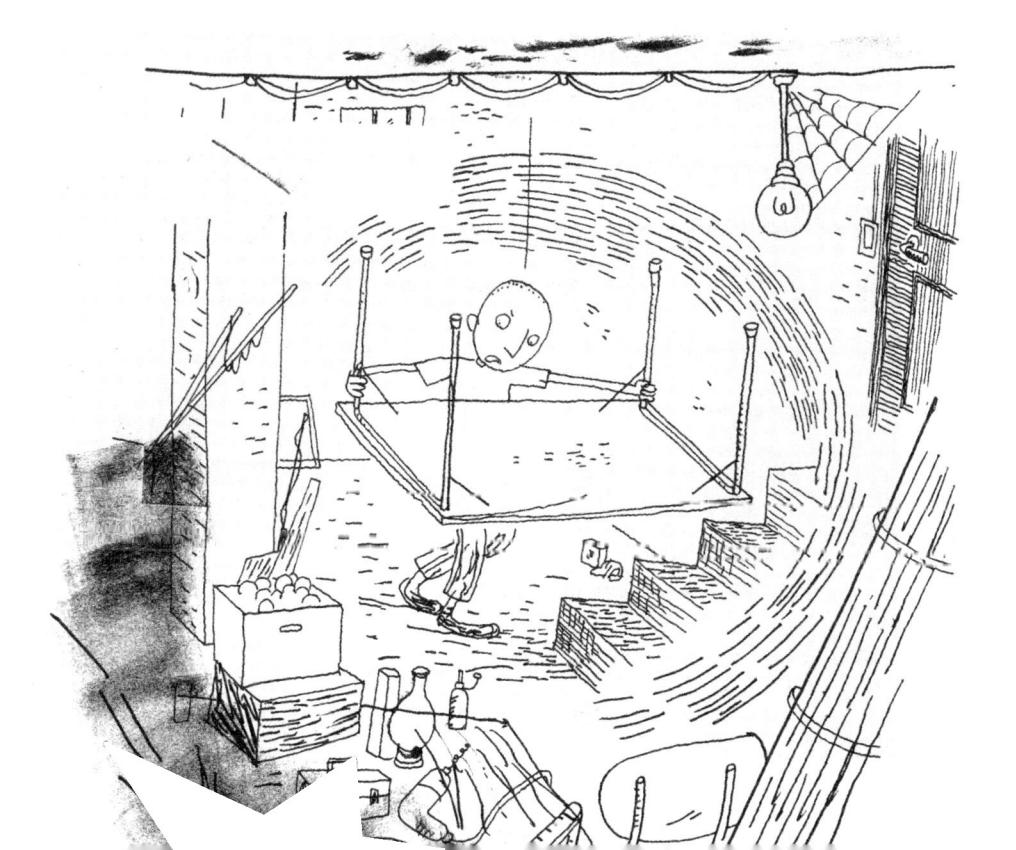

"你把这张旧桌子搬上来干吗?"妈妈问他。

"奥丝要借用一下。"阿特勒说。

他走到厨房,拿了一块洗碗布,开始擦桌面的斑点。

"你得用力擦才行。"妈妈说,"你们现在到底在做什么呢?"

"奥丝要为外国的贫困儿童筹集善款。"阿特勒说,"所以我还要借用一下华夫饼制作机。"

"她可真是个善良的孩子。"妈妈说,"那你现在得去打一桶热水,再去找一块肥皂。"

阿特勒的爸爸帮助他们把桌子和华夫饼制作机一起搬到了商店的门口。小宗和奥丝已经在那里等着了。奥丝坐在长椅上,旁边放着她的拐杖。长椅上还放着一大桶做华夫饼用的面糊和一张海报,海报上面用黑色的大字写着"帮助瑞典的贫困儿童"。

"我们还需要电源。"奥丝说,"我们去问问商店经理吧。"

"这可不是个好主意。"小宗说,"也许他会再次怀疑我们的。"

但是,就在他们要走进商店去问商店经理的时候,他自己先出来了。阿特勒注意到他外套的兜帽上确实少了一根帽绳。商店经理冲他们点点头,然后看到了露营桌和华夫饼制作机。

"你们要做什么?"他问。

"噢,天哪!"奥丝低声说,"我们被发现了。"

"我们想问您借一个插线板。"小宗说,"我们非常希望能够帮助贫困儿童。"

"是吗?"商店经理走近了几步,看到了那张海报。

"帮助瑞典的贫困儿童?"他高声念了出来,"这真是我听过的最愚蠢的事情。瑞典可没有贫困儿童!"

帮助

贫困

儿童

瑞典的

10 克朗

"这个……"阿特勒说,"我们知道,其实在别的国家还有很多更贫困的儿童。"

"我们现在得把海报改一下。"奥丝说。

"过来,我告诉你们电源插座在哪儿。"商店经理说,"而且我还可以给你们一支记号笔,这样你们就可以把这张愚蠢的海报修改一下了。"

说完,他就哈哈大笑着走回了商店。

"好险!"小宗拍了拍胸口,"他终于不怀疑我们了。"

"小声点儿!"奥丝说,"我们得表现得自然一些。"

奥丝坐在长椅上等待着,阿特勒和小宗跟着商店经理一块儿走进了商店。他们回来的时候,带来了插线板和延长线。然后,他们将海报上的"瑞典"擦掉,在同样的位置重新写上了"非洲"。没过多久,华夫饼的香气就包围了商店门口,并飘到了一旁的

马路上。

阿特勒和小宗轻手轻脚地离开了卖华夫饼的地方，奥丝留在那里继续监视着商店经理。当阿特勒和小宗接近河流拐弯处的船屋时，阿特勒打开了对讲机。一开始，对讲机里传出了嘈杂的声音，然后逐渐恢复了平静。

"你好，你好。"阿特勒说，"华夫饼那边怎么样了？完毕。"

他们听到奥丝的声音从对讲机里面断断续续地传出。

"华夫饼是凉的。"她说，"我再重复一遍，华夫饼是凉的。完毕。"

"收到。完毕。"阿特勒说。

然后，他朝着小宗点了点头。

他们俩在船屋的下面藏了两个袋子。现在，他们要换上里面的衣服了。他们戴上面具，披上斗篷，系好带子。不久之后，两个影子沿着森林的边缘开始移动——一个棕色，一个黑色。因为现在天还没黑，所以他们要非常小心。他们穿过玉米地，猫着腰来到了商店经理家的门口，黑色侠朝窗户看了看,发现里面很黑。然后,他们绕着房子转了一圈,来到后门,后门是锁着的。棕色侠又跑到院子里的小屋那儿,发现门是开着的,但里面没有母鸡。然后,他们再回到房子的背面,那里的草都贴着墙壁长。这时,他们看到了地上有一扇应该是通往地下室的门。棕色侠试着扳了一下上面的门把手,发现可以打开。而当他打开后,里面发出了阵阵污水的臭味。

"我们必须得从这里进去。"棕色侠说,"这可能是唯一的路。"

"我不觉得这下面会有什么母鸡。"黑色侠说,"这里面闻上去就像是一个从来没有人打扫过的厕所。"

"如果是你爷爷的话,他会因为下水管道的臭味而停下来吗?"棕色侠一边说着,一边先沿着台阶走了下去。他发现最里面还有一扇门,门上面只挂着一个铁钩。棕色侠抬起了铁钩。黑色侠还站在上面看着他。

"下来吧。"棕色侠说,"我们不是要去找母鸡吗?"

"是的,不过……"

最后,他还是跟着棕色侠走了下去。地下室里面漆黑

一片,伸手不见五指。黑色侠几乎无法呼吸,因为这里实在是太臭了。他们根本不知道自己走到了什么地方。突然,一个水桶倒了的声音响起——是棕色侠被绊了一下。

"哎哟!"棕色侠低声喊道,"我们得加快速度了。"

"这是不可能的。"黑色侠说。

"我们得找到上去的路。"棕色侠说。

他们在蜘蛛网里面穿来穿去,黑色侠紧紧地跟着棕色侠。渐渐地,他们的眼睛适应了黑暗的环境,他们看到了几个破旧的泡沫塑料箱,和一个又旧又脏的告示牌。

"这样走的话……"棕色侠低声说道,"前面就应该是上去的路了。"

他们从一摞绿色的水果包装箱上爬过去,来到了一段窄窄的楼梯前。随着他们一阶一阶地往上走,楼梯发出嘎吱嘎吱的声音。幸运的是,最上面的门是开着的。走出那扇门,他们发现自己站在了商店经理家明亮的走廊里。

"现在,我们开始找母鸡吧。"黑色侠说着,沿着走廊一间一间屋子地找了起来。

"咕咕咕。"他模仿着母鸡的叫声。

棕色侠顺着楼梯走上二楼去找。黑色侠能听到他在上面跑来跑去的声音。

"咕咕咕。"黑色侠继续低声叫着。

客厅的地板上有很多白色的羽毛,商店经理在电视后面的角落里搭建了一个小围栏。

围栏里面就是那只镇长的冠军母鸡。

"找到了!"黑色侠朝着还在二楼的棕色侠大喊道。然后,他看着母鸡平静地说:"现在,我可以把你从那个很坏的商店经理手中解救出去了。"

他看了看周围。

"我得找个什么东西把你带走,我们忘记了带袋子。让我看看……"

这时,棕色侠也过来了。

"干得好!"他说。

这时,对讲机开始发出噼噼啪啪的声音。奥丝的声音从里面传了出来。

"华夫饼是热的!你们快点儿,不然就要着火了!"她大喊道。

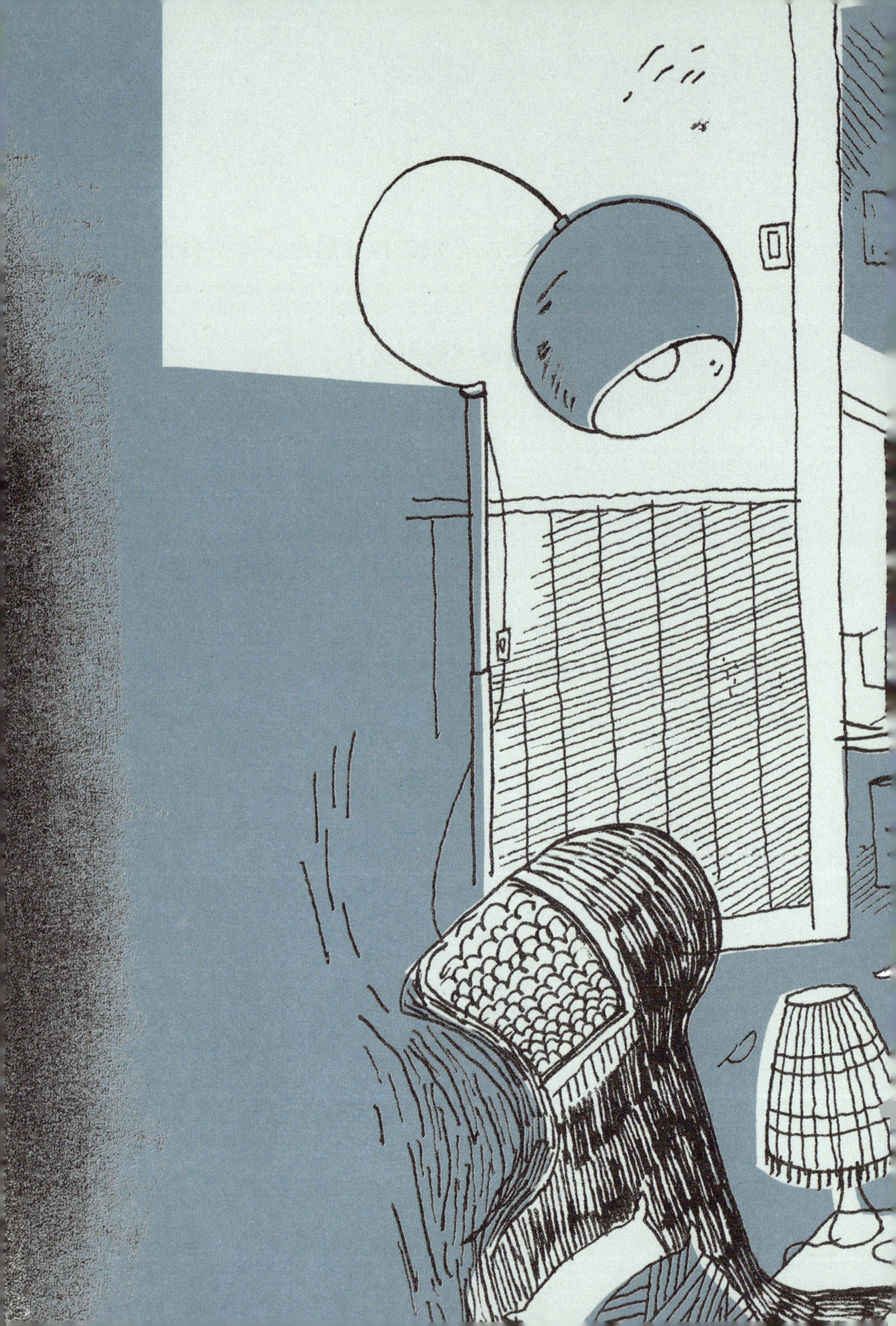

华夫饼是热的!你们快点儿,不然就要着火了!

黑色侠脱下自己的斗篷,把母鸡包在里面,然后把它背在自己的背上。

　　"我们现在救你出去!"黑色侠说。

　　房子外面传来了车子开过来的声音。透过窗户,他们看到商店经理的车正在全速开向这里。当车经过窗口的时候,棕色侠和黑色侠急忙弯下腰,以免被商店经理看到。

　　他们听到了车门打开的声音。这时,棕色侠一下子清醒过来。

　　"我们快去地下室!"他大喊道。

　　两个超级英雄迅速从走廊钻进了地下室,就在同一时间,他们听到了商店经理打开房子大门的声音,然后,是他在上面不停地翻箱倒柜的声音。他说:

　　"出来吧,我的冠军母鸡!快出来吧!"

　　黑色侠和棕色侠开始小心地走下楼梯,但是楼梯发出了嘎吱嘎吱的声音。他们赶快停下脚步。黑色侠感到自己的心脏又开始狂跳个不停。这时,商店经理的声音停下来了。

"幸亏我们穿着这身衣服。"棕色侠说,"就算被他看到的话,他也不会知道我们是谁。"

商店经理的声音再次响起:

"出来吧,我的小母鸡,这里有玉米吃!"

黑色侠和棕色侠开始继续小心地往下走,下面的楼梯踩上去声音小多了。突然,他们的对讲机发出了巨大的嗡鸣声。

楼梯上方的门被一下子打开,光线刺得他们睁不开眼。

"快跑!"棕色侠大喊道,然后他们两个就开始在空箱子之间跌跌撞撞地跑。

"嘿!站住!"商店经理在他们身后大吼。

黑色侠和棕色侠很快就跑出了地下室,然后迅速地将地上的门关好。

"我们跑到船屋那里去!"棕色侠喊道。

黑色侠看了看远处的船屋,觉得实在是太远了。

"我们跑不过去的!"他说。

他绕着房子跑了一圈,棕色侠跟在他后面。院子里停

国际大奖小说

着一辆货车。

"我们躲到那个小屋里去吧。"黑色侠小声说。

此时，他们听到商店经理的声音从屋子另一头儿响起：

"回来,小混蛋们！"

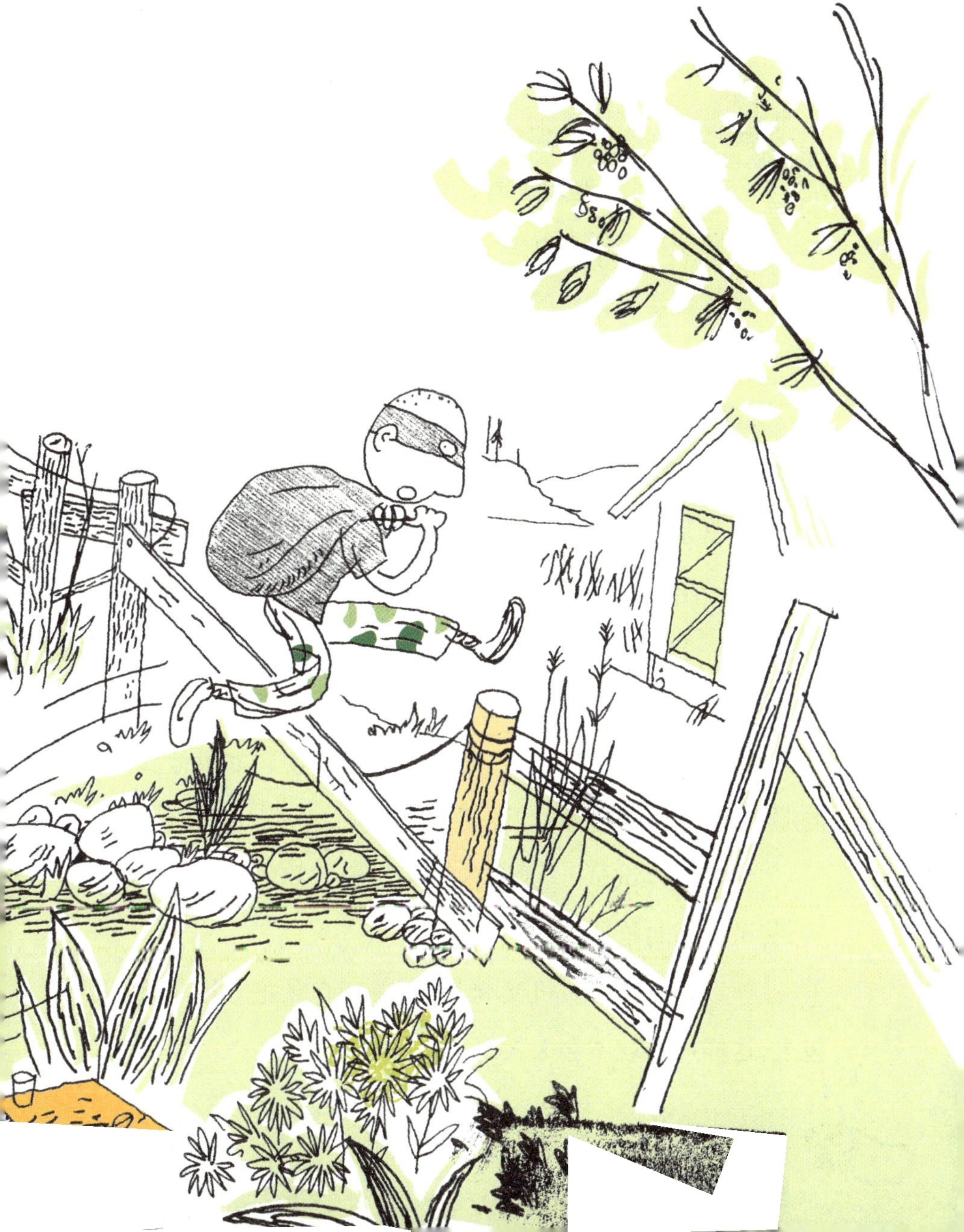

他们跑到小屋的门口。当黑色侠想要把门打开的时候,却看到上面多了一把挂锁。

"一把挂锁!"他大喊道。

"我们现在该怎么办?"

"我不会伤害你们的!"商店经理在他们身后大喊。

"快点儿!我们跳到车上去。"黑色侠说。

无须多言,棕色侠马上打开货车的车厢门,跳了进去。接着,他伸出手将黑色侠也拉了上去。然后,他们两个关上门,紧紧地蜷缩着身体,藏在一堆空箱子的后面。闻上去,箱子里面好像放着腐烂的香蕉。商店经理在外面大喊:

"请把母鸡还给我吧,这样你们就不会受到鞭刑!"

"给孩子鞭刑是非法的。"棕色侠小声说,"如果他真的那么做了,他会进监狱的。"

"他大可以试试。"黑色侠也小声说,"我的叔叔是警察,我可以随时给他打电话。"

这时,他们的对讲机又响了起来。棕色侠把它用斗篷包上,这样声音就不会太大了。

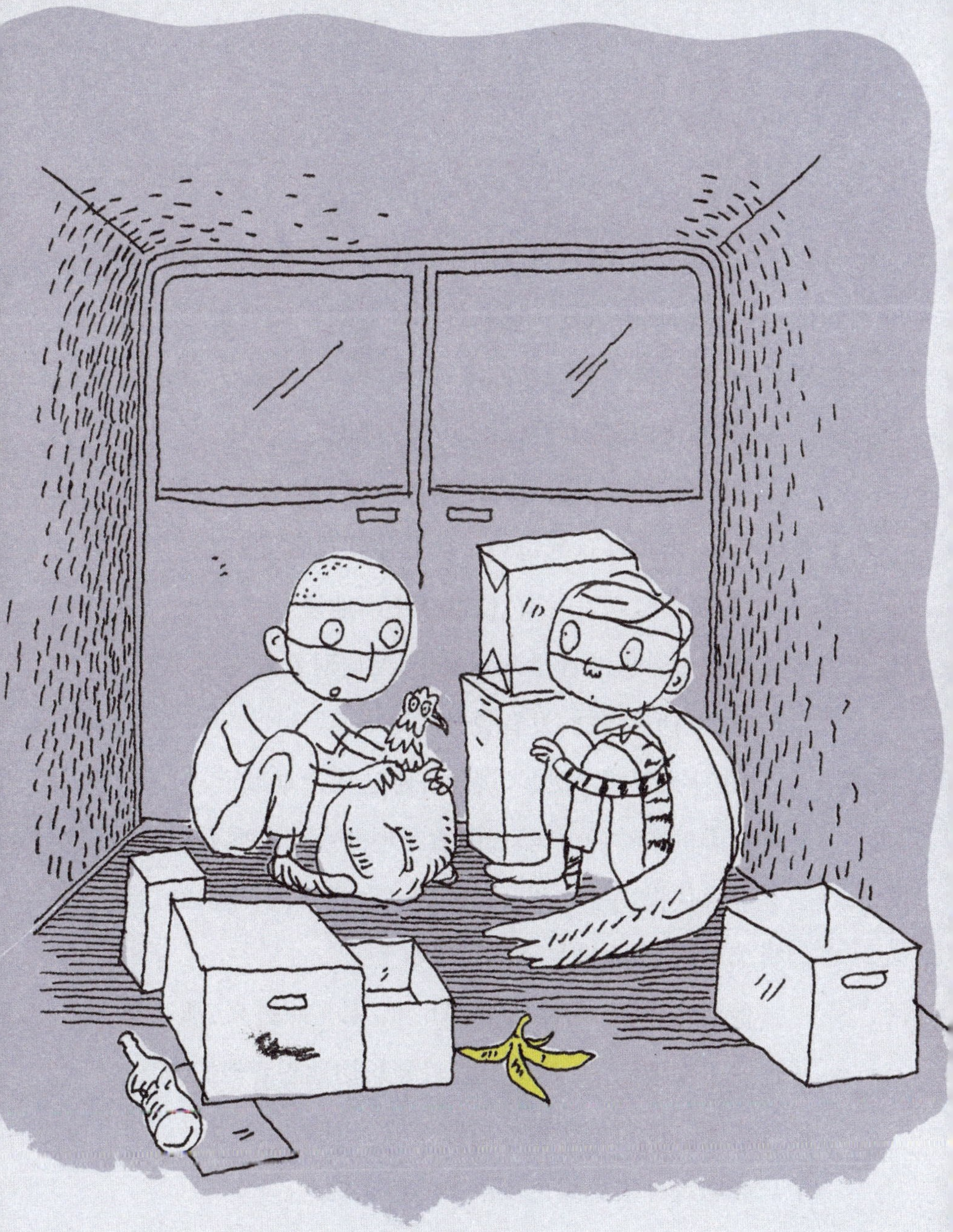

"这里是奥丝!"奥丝的声音传出来,"你们需要更多的鸡蛋吗?我再重复一遍,你们需要更多的鸡蛋吗?完毕。"

"我们得回复她。"棕色侠小声地说。

"我们得保持安静。"黑色侠也小声地说,"一旦我们被他抓住,就得和这只母鸡一块儿住到鸡窝里去了。"

"那我回复吧。"棕色侠继续小声地说。

他将对讲机的音量调到最小,然后对着麦克风说道:"行动结束,但是我们没有脱身。完毕。"

"我什么都听不见!"奥丝在那边大声地喊道。

对讲机在噼啪地响着,商店经理的声音也听不到了。

棕色侠提高了一些音量,说:"我们被困在商店经理的货车里面了,车厢后面!完毕!"

他话音刚落,车厢门被打开了,阳光照进来,那些箱子也遮不住他们了。商店经理目光灼灼地瞪着他们,脸已经气红了。黑色侠想再往后躲一躲,但是已经没有地方了。商店经理指着黑色侠手中的包袱说:

"把它给我!我知道你们是在找什么……"

黑色侠紧紧地抱着包袱。

"你们为什么要戴着这些愚蠢的面具?"商店经理说,"快点儿把母鸡给我!"

棕色侠摘下了面具,重新变回了小宗。"给他吧。"他小声说,"我们已经被发现了。"

"快点儿把母鸡给我!"商店经理继续大喊道,"你们逃不掉了!"

"这不是你的母鸡。"黑色侠说。

"这当然是我的母鸡了。"商店经理笑着说。

"这是你偷的。"黑色侠说。

"当然不是。"商店经理说,"快点儿把我的母鸡还给我!"

"我们已经失败了。"小宗说,"我们只能放弃这只母鸡了。"

黑色侠也把面具摘了下来,变回了阿特勒。

"这就是你偷的母鸡。"阿特勒说,"从镇长那里!"

"哼,是我救了它。"商店经理说,"它已经被关在棚子里好几天了。它差一点儿死了!"

国际大奖小说

"那是我奶奶家的棚子。"阿特勒说,"我是在森林里找到的母鸡,然后把它引入棚子里的。我本来就打算把它还给镇长的。"

"不可能。"商店经理说,"它已经在棚子里面叫唤了好几天了,是我救了它。"

"那是因为我生病了!"阿特勒说。

"他真的生病了。"小宗说。

"对,"阿特勒说,"然后等我病好了之后,就发现它被

你偷走了。镇长一定会知道是你把他的母鸡偷走了。"

"它是这么美丽!"商店经理说,"无论如何,我都必须得把它救出来。我没有偷……我……"

然后,商店经理一下子又凶了起来:"哼,镇长是不会相信小孩子的话的。快把母鸡给我!"

"决不!"阿特勒说,"我要直接去镇长家!"

"好呀,你就告诉他我是偷鸡贼,他绝对不会相信你们的。没有人会相信小孩子的话!"

阿特勒非常害怕,他觉得没有人能来救他们了,这里也没有别的出路了。小宗坐在一边,手里紧紧地攥着对讲机。他看着阿特勒,小声地说:"我们放弃吧。"

阿特勒看了一眼对讲机,然后又看了看商店经理。虽然他现在很紧张,但还是拿着对讲机站了起来。他的胳膊下面还夹着装有母鸡的包袱。

"就是你干的。"阿特勒说,"我们已经把你说的话都录下来了!"

他冲着商店经理举起了对讲机。

"你现在必须把我们放了,不然奥丝就会立刻带着录

音带去镇长那里。"

"什么？"商店经理一下子蒙了。

他睁大了眼睛看着对讲机。小宗也惊讶地看着阿特勒。

阿特勒点了点头。"是的。"他说，"你刚刚说的一切都被录下来了！如果你现在不立刻把我们两个放了的话，你会进监狱的！"

"但是……"商店经理惊呆了，"我没有说……"

"你说得够多了。我们看看镇长和警察到底会相信谁！"

"是的。"小宗反应了过来，"阿特勒的叔叔是警察。如果你不把我们放了的话，你会有大麻烦的！"

"对！"阿特勒重复道，"你会有大麻烦的！"

商店经理一下子泄了气。他低头看着地面。

"好吧。"他说，"去吧，你们去把录音交上去吧！"

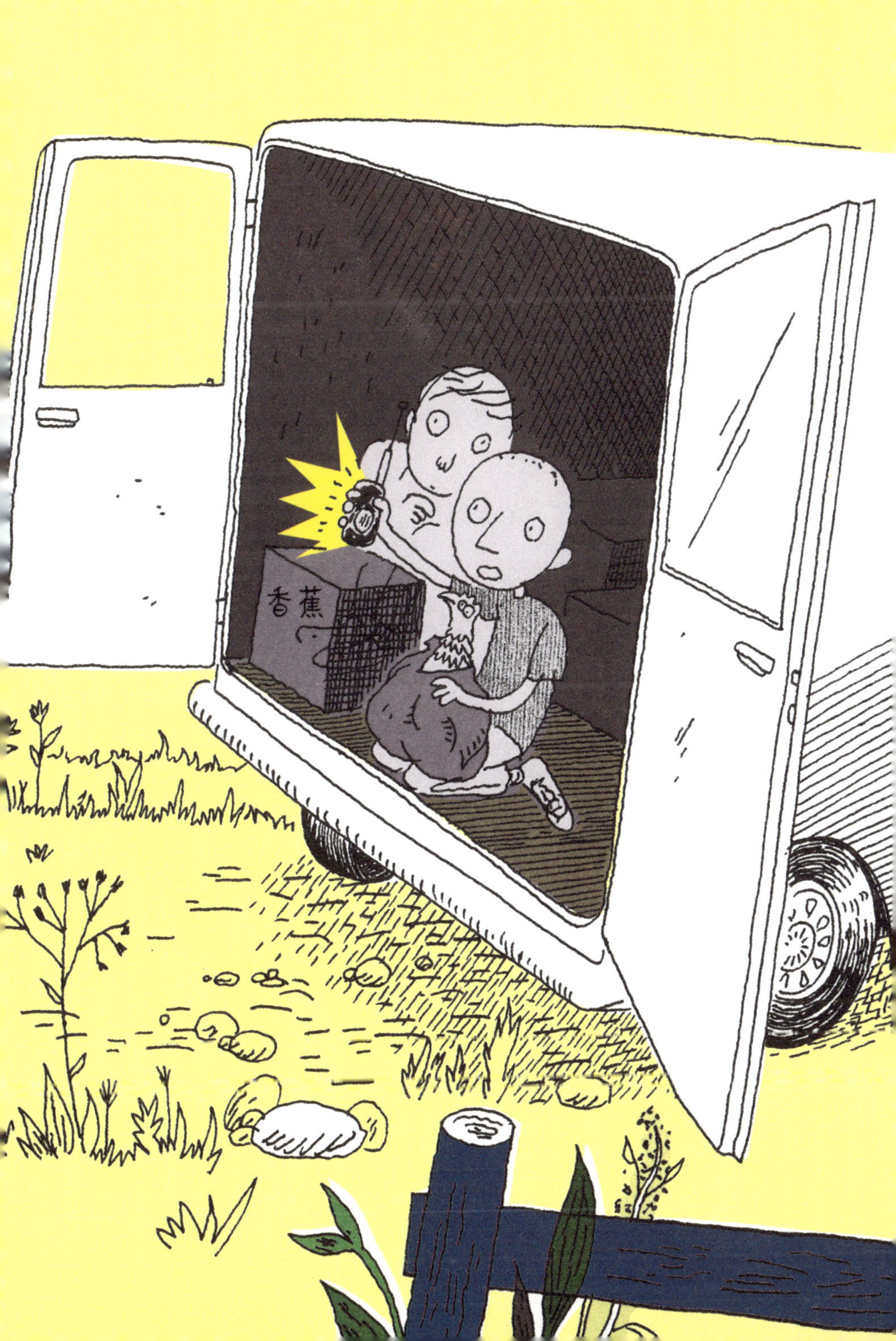
香蕉

"真的吗?"小宗说。

"真的,去交吧!"商店经理说,"带上你们的这只笨鸡!这只连蛋都不会下的笨鸡!"

阿特勒和小宗赶忙从车上跳了下来。商店经理生气地看着他们。

"你们快走吧!"他大喊道,"在我改变主意要抽你们一顿之前!"

"打孩子是犯法的!"小宗冲他喊道。说完,他就和阿特勒一块儿跑出了院子。

当奥丝的妈妈打开门的时候，阿特勒和小宗正站在门口，上气不接下气，一句话都说不出来。他们两个人的脸都红透了。奥丝妈妈奇怪地看着他们俩，阿特勒想要把包袱藏到自己身后。

"奥丝在她的房间里。"奥丝妈妈说。然后，她让他们两个进了屋。

奥丝正坐在桌前数卖华夫饼赚到的钱。现在，她开始听两个男孩讲述他们的

经历。那只母鸡在屋子里不停地走来走去,咕咕地叫着。

"当阿特勒撒谎说我们有录音带的时候,"小宗笑着说,"商店经理的脸一下子变得可长了。你真应该看看他当时的样子!"

三个人都笑了。

"你可真会撒谎啊!"小宗说。

"我吗?"阿特勒一脸茫然地问道。

"是的,你每次胡说八道的时候都特别有意思。"奥丝笑着说。

"我从来都不说谎。"阿特勒严肃地说。

奥丝和小宗都咯咯地笑了起来。

"我真的不说谎。"阿特勒说,"不管怎么样吧,我们现在得给报社打电话,这样我就能把母鸡还回去了。"

"我知道一个记者的电话。"奥丝说着,从口袋里面拿出一张小纸片。

"你是怎么得到这个电话号码的?"阿特勒问。

"在我卖华夫饼的时候。"奥丝说,"他觉得我这种帮助贫苦儿童的做法很好,于是就采访了我。"

"那你会上报纸吗?"阿特勒问。

"哇!好厉害!"小宗叫道。

"可能只是个小报道。"阿特勒说。

"那只母鸡在哪儿?"奥丝突然问道。

"它就坐在那儿呢。"小宗说。

奥丝扭头看去,那只母鸡正安静地蹲坐在奥丝床后的地板上。

"在妈妈发现之前,我们或许应该把它带出去。"奥丝说。

"你们快来看!"小宗突然叫了起来,"它下了一个蛋!"

## 记者来访

　　小城的街道上,到处都是金黄色的落叶,阳光洒在小水坑里,闪闪发光。一只海鸥站在教堂顶上,好像在等待着什么事的发生。田野里,四匹棕色的马在安静地低头吃草。一辆红色的小汽车沿着道路一直开到了镇长家的农庄门口。车上下来一个长了一头鬈发的胖男人,胸前挂着一台照相机,衣服的口袋里还插着一个小记事本。那条大黑狗又开始大叫起来。镇长走下台阶,一下子认出了那个男人。

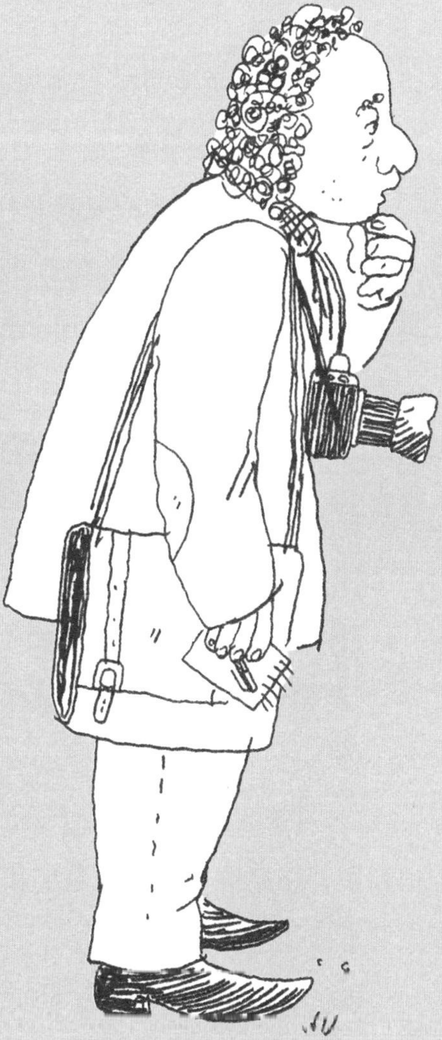

"你是来采访我的吗?"他对着这位报社的记者问道。

记者拿出了记事本。

"请问冠军母鸡失而复得是什么感受?"

镇长奇怪地看着这位记者,然后又看了一眼冠军母鸡之前住着的鸡舍,但是里面并没有母鸡的踪影。

"你在说什么呀?"

"冠军母鸡。"记者说,"我接到了一个电话,说它已经被找到了。"

"你一定是被骗了。"镇长说,"这是假的!"

"什么?"记者看上去很震惊。

"欺骗报社……"他说,"简直令人发指!为什么会有人……"

"一旦被我发现这个骗子是谁,我就会立刻告诉你。"镇长说,"得把这个骗子的名字和照片都登上报纸,让大家看看他是什么样的!"

镇长一边说一边握紧了拳头。

"好的,好的,我明白了。"记者说。

说完,他就跳回了汽车上。但当他正要发动汽车的时候,看到一队人正朝这里走来。

阿特勒走在最前面,身后还背着一个包袱。他后面是小宗,然后是小城里的其他一些孩子。阿特勒告诉他们说自己要上报纸了,所以他们都跟着过来看热闹。

"这是怎么回事?"镇长问。

记者从车上下来,注视着这队人越走越近。他还举起相机拍了几张照片。

"我找到冠军母鸡啦!"阿特勒大喊道。

他们来到镇长面前,阿特勒把袋子举了起来。

"我从森林里,把它从狼和狐狸的口中救了出来。"阿特勒说。

"你们找到了我的母鸡!"镇长一下子就热泪盈眶了。他打开袋子,看到了那只母鸡,而母鸡也正盯着他看。

"谢谢!非常感谢!谢谢你们每一个人!"镇长说。

"不是,是我……"阿特勒说。

"这真是一个很棒的故事!"记者说,"再多给我讲讲关于那匹狼的事情!"

"那个……我一个人走在森林里面,然后听到了一个

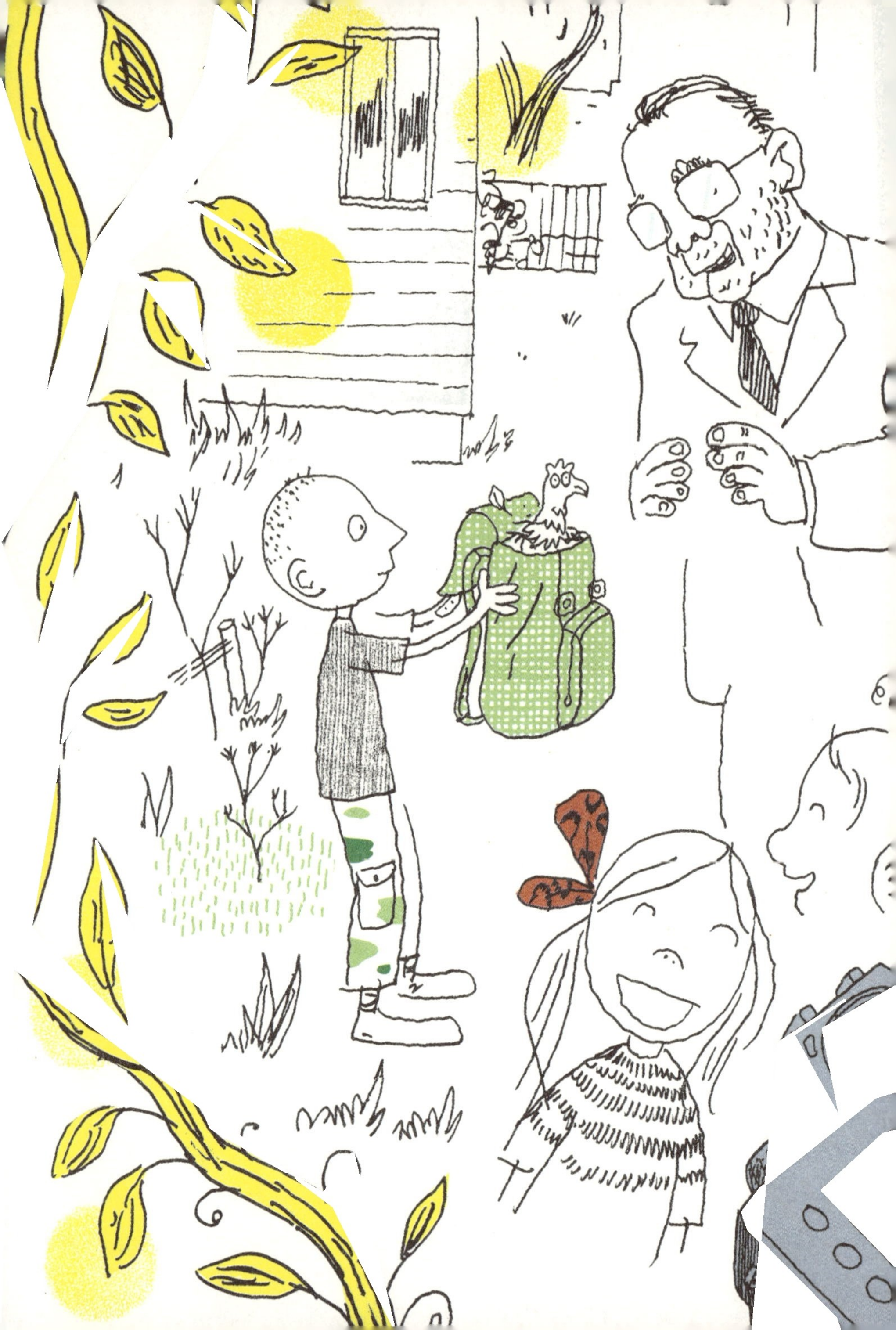

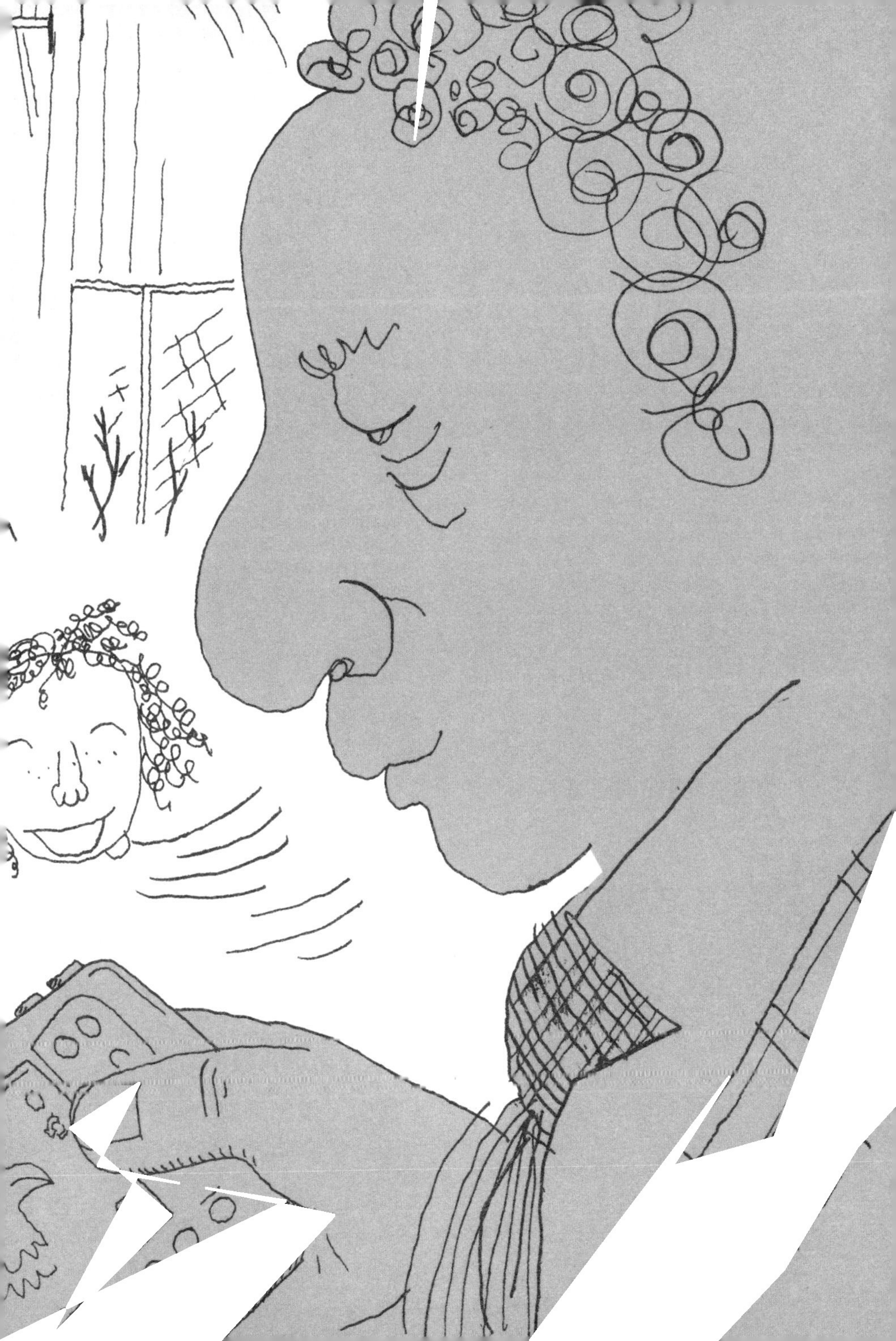

声音……"

"太棒啦!"镇长大喊着,紧紧地抱住母鸡,还亲吻了它,"它肯定是自己跑了,而你们找到了它!"

"再多讲讲,"记者说,"你是怎么躲过狼的追捕的?"

"当时……当时……"阿特勒说,"当时我听到了这只母鸡的声音,而且之前看过报纸,知道镇长……"

"太不可思议了!"记者说,"我从来没听说过这片森林里有狼,这是有史以来头一回!"

"是吗?"阿特勒低声说道。

"我这只了不起的母鸡呀!"镇长喜极而泣,说,"我该怎么感谢你们才好!"

"只有我……"阿特勒说,"狼很可怕,所以我就向它扔木棍,这只母鸡当时被吓坏了。"

"我太开心了!"镇长说,"这个小城里的孩子们都很好,他们应该被嘉奖!"

"那个,其实是我……"阿特勒试图向镇长解释清楚。

"我们想要一个足球场!"女孩们大喊。

"是的!"所有孩子都跟着喊道。

"一个足球场?"镇长吓了一跳。

"我给您和母鸡拍一张照片吧。"记者对镇长说。

"给我们建一座足球场吧!"男孩们也开始大喊,"你不是这里的领导吗?"

"嗯,是的,我是……"镇长有点儿不知所措地说。

"站好,我要拍照了。"记者说。

"我不用一块儿拍吗?"阿特勒问。

"当然一起拍了。"记者说,"快过来!"

他重新调整了一下焦距。

"那我们呢？"这时，人群中一个男孩喊道。

"当然了，你们也一块儿吧！"记者笑着说，"大家都过来，站到镇长身后去！"

"可是实际上是我自己找到的母鸡呀！"阿特勒说。

所有人都拥了过来，站在阿特勒和镇长的身后。小宗也站在了阿特勒身边。

"小宗，你快帮帮我！"阿特勒说。

"真是一群聪明的孩子！"记者一边看着取景器一边说。

大家都在不停地交头接耳，母鸡也开始咕咕地叫，还把脑袋埋进了翅膀下面。

"其实是我……"阿特勒又试着说了一次。

记者看了他一眼。

"你来抱着母鸡吧。"记者说，"这样照片拍出来会很好看的。"

镇长把母鸡递给了阿特勒。

"小心点儿，孩子！"镇长说，"人一多它就会感到不安。"

母鸡还在不停地叫着。

"都安静！"记者大喊道，"大家一起说'茄子'！"

就在记者按下快门的那一刻，母鸡吓得从阿特勒的怀里飞了起来，空中飘散着大片大片的羽毛。

"它一定是被吓着了。"镇长一边说一边追过去，把母鸡抓进了怀里。

"明天的报纸内容一定会很精彩的！"记者说完，就跳上他那辆红色小汽车，离开了这里。

"他肯定特别特别忙。"小宗说。

"我明天要登上头版了！"阿特勒兴奋地说。

镇长轻轻地拍着母鸡,眼眶里还是充满了泪水。

阿特勒在回家的路上跳过了一只蜗牛。然后,他看到面包房那家人的车正停在商店门外,车窗依旧是黑乎乎的。阿特勒现在不想再见到商店经理,但他还是小心翼翼地靠近了那辆车,朝车窗里看去。玻璃太黑了,他什么都看不到。就在他这样使劲盯着车窗看的时候,他听到身后传来了一个声音。

"你什么时候才能停止监视别人?"

是桑迪。

"我就是想来告诉你一件事情。"阿特勒说。

"你这样子一天到晚地监视别人真的让人很不舒服。"桑迪说。

"你现在可以住在这里了。"阿特勒说。

"是吗?"桑迪问,"为什么呢?"

"因为我要出名了!"

"你吗?"桑迪哼了一声。

"我明天会登上报纸的头版。"阿特勒说。

桑迪又哼了一声,然后说:"这真没有什么稀奇的。在美国的时候,我妈妈的名字天天都出现在报纸上。"

"每一天?"阿特勒惊讶地问,"她是怎么做到的?"

"这很简单。"桑迪说,"当你变得和她一样有名之后就可以了。"

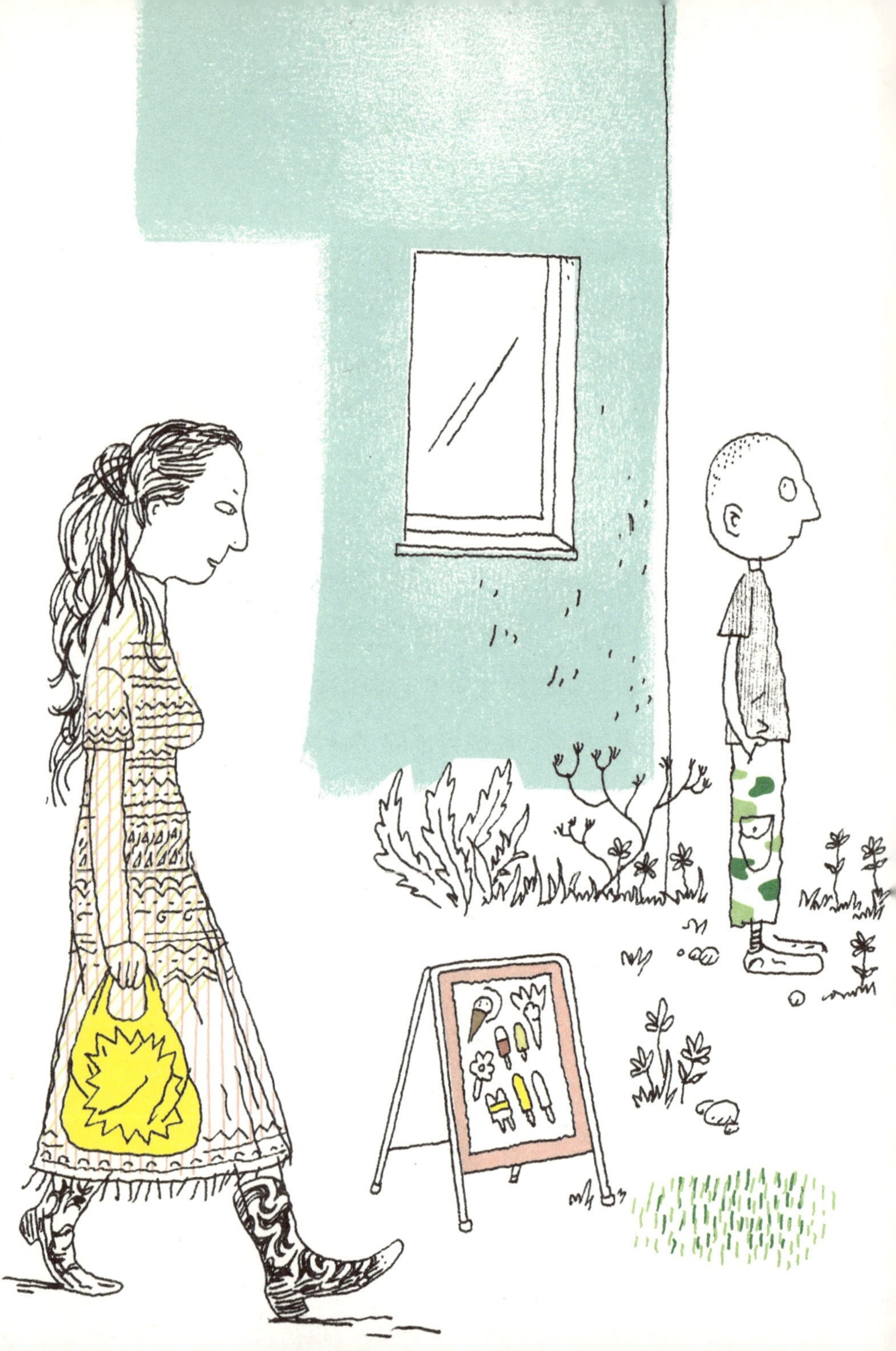

桑迪的妈妈走出了商店，并且回头冲商店经理笑了笑。当商店经理看到阿特勒的时候，冲他翻了个白眼。阿特勒试着躲到桑迪身后。

"感谢你的服务！"桑迪的妈妈对商店经理说。

商店经理急忙报以微笑。

"玛丽特，这个地方真好！"桑迪的妈妈说，"我们搬过来真的是太好了，我们一定会在这里过得很愉快的！"

桑迪没有回答，而是坐进车里，关上了车门。她的妈妈还在和商店经理聊天儿。阿特勒悄悄地走了。

## 尾　声

第二天一早，阿特勒从咖啡的香气中醒过来。阳光照进窗户，他觉得好像听到妈妈在厨房里唱歌。就在他躺在床上，闭上眼睛，准备继续睡觉的时候，他突然想起来了——报纸！他连裤子都来不及穿好就开始往外跑，然后一边穿 T 恤一边爬下梯子。他一路跌跌撞撞地冲到大门口，光着脚跑到了信箱前。信箱里面总是会有各种各样的爬虫，他不得不使劲地甩了甩报纸。然后，阿特勒打开报纸。在报纸的头版上印着一个巨大的标题——"森林里面发现了狼"。没有阿特勒的照片,也没有母鸡的照片,更没有镇长的照片。但是在那个大标题的下面,还有一个很小的副标题——"镇长的冠军母鸡最终被人从一群饥饿的狼中救出,详见第 4~5 页"。

"这不是我说的。"阿特勒喃喃自语道。

阿特勒拿着报纸走回了屋里。妈妈正坐在桌边吃早饭,当阿特勒把报纸放在桌上的时候,她不得不拿起了鹅肝酱和牛奶。

"你都看到了什么新闻?"妈妈看了一眼报纸说。

阿特勒没有回答,而是翻到第四页和第五页,上面有一张巨大的、横跨两版的照片。

"快看,是小宗!"妈妈叫了起来。

这张照片正好是在母鸡被吓得飞起来时拍摄的,它的羽毛飞舞得到处都是。镇长在一旁微笑着,他身后还有好几个小孩儿。在照片的一角,还能看到小宗。

"但是没有我。"阿特勒说。

报纸上写着——"这群勇敢的孩子赶走了狼群,拯救了镇长的冠军母鸡。"

"这简直就是胡说八道!"阿特勒读到这里,激动地喊道,"这都不是真的!"

"永远都不要相信报纸上的内容。"妈妈说,"他们永远不说真话!"

"我竟然不在这张照片上!"阿特勒说。

他感觉自己快要哭出来了。

"不过能看到小宗还是挺有趣的。"妈妈说。

阿特勒把报纸推到一边,然后重重地坐到椅子上。妈妈又倒了一杯咖啡,然后接着看报纸。

"我永远都不会出名了！"阿特勒痛苦地说。

这时，妈妈又发出一声惊呼："快看，这是奥丝呀！"

阿特勒看了一眼报纸，上面有一张奥丝站在商店门口卖华夫饼的巨大照片。标题是——"奥丝的华夫饼帮助贫困儿童"。

"但你有出名的朋友了呀。"妈妈笑着说道。

阿特勒突然站了起来。他走出厨房，穿上鞋子，然后走出了家门。他可以听到车库里面传出的爸爸弹吉他的声音。阿特勒走到大路上。在路边的一个灯柱上，有一只巨大的乌鸦，它正低头看着阿特勒。阿特勒冲它做了个鬼脸。他想要跑去找奥丝，但又不想看到她知道自己出名之后的样子。于是，他决定去找小宗。

当阿特勒经过商店时，他看到商店经理正从车上往商店里搬东西。他立刻打算绕开，避免被商店经理发现。但就在他准备沿着路边悄悄走开的时候，商店经理看到了他。

"是你呀。"他说。

"是的，是我。"阿特勒闷闷地说。

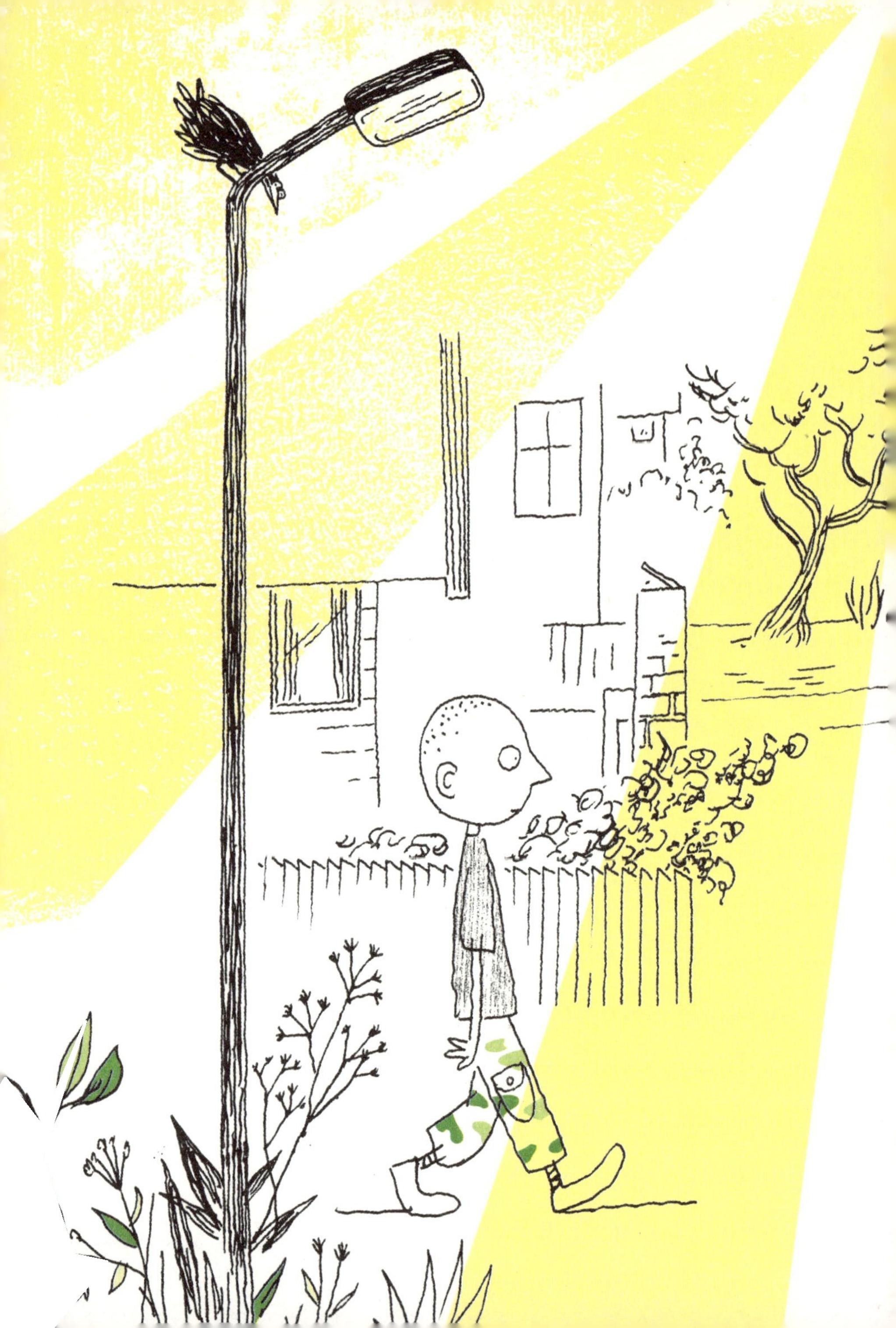

商店经理继续搬着箱子,把它们一个个地在怀里摞起来。阿特勒站在原地看着他。

"你就没有别的事可做吗?"商店经理说。

"比如什么?"阿特勒说。

"你有什么可生气的?"商店经理说,"你赢了呀!你得到了母鸡。"

"我没生气。"阿特勒说,"只是……是我把母鸡还回去的,但是别人却上了报纸。"

"什么报纸?"商店经理说,"哦,就是那份我从来都没有登上过的愚蠢的报纸。"

"人要上报纸才能出名。"

"最重要的不是出名。"商店经理说,"而是赚很多钱!"

"赚钱?"

"如果我靠卖鸡蛋和牛奶多赚一些钱的话,我就能在花园里面造个大泳池,造一个新车库。我还能买一套新西服——一套纯白色的西服,这样我就可以在去意大利度假的时候穿了!"

"或者是去中国！"阿特勒说。

"是的！"商店经理说，"或者是去中国。到时我就可以买机票去我想去的任何一个地方了！"

"如果你有一艘船的话，"阿特勒说，"有一艘像斯塔万格①那么大的船，你就能带上你所有的朋友一块儿出去了。"

"是的，一艘巨大的船！"商店经理笑着说，"哈哈，这听上去还真有趣！"

"是的，那会很棒的。"阿特勒说。

然后，商店经理摇了摇头。

"好了，现在我必须要工作了，天天做白日梦是不会发财的。小伙子，你能不能过来帮我搬这些箱子？"

"我也要工作吗？"

"是的，如果你想挣钱的话。"

"你会给我钱吗？"

"嗯……"商店经理想了想，说，"如果你能帮我搬这

---

①挪威港口城市。

些箱子,我可以给你一个冰激凌。"

"还有汽水。"阿特勒说。

商店经理笑了,然后把一个箱子放到了阿特勒怀里。

"看情况吧。"说完,他又把一个箱子摞到了自己怀里那摞箱子的最上面。

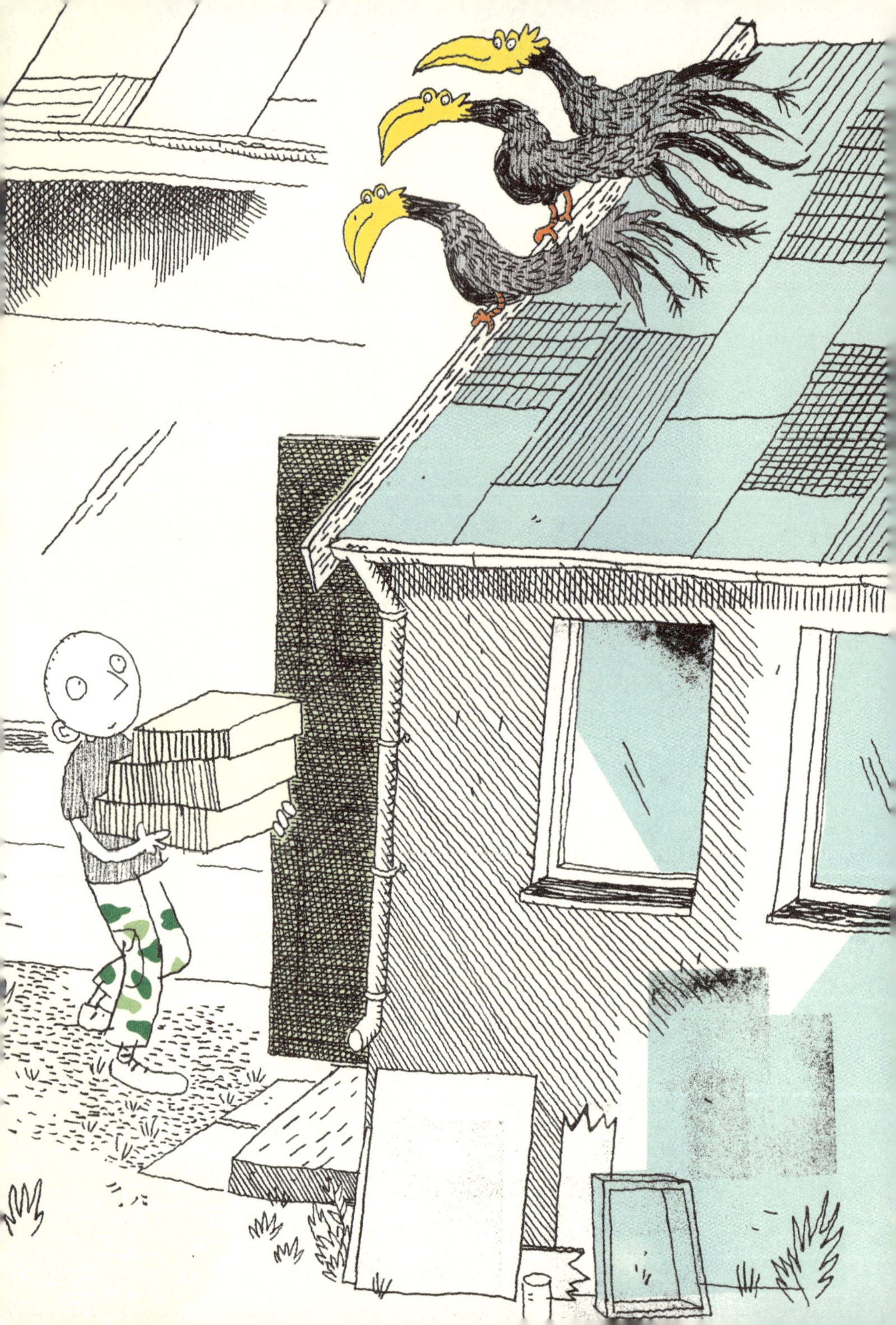

# 作者简介

**哈康·俄雷奥斯**

挪威人,生于1974年,是一位作家和诗人。他至今共计创作了三本诗集和三部儿童文学作品,《棕色侠》是他创作的第一本童书,《黑色侠》是《棕色侠》的续集,而系列的第三部《青蜂侠》也将于不久之后面世。

**俄温·托斯特**

挪威人,生于1972年,是挪威知名的艺术家和插画家。他创作的图画书获得过许多奖项。2012年,他代表挪威获得了林格伦纪念奖及国际安徒生奖两项世界大奖的提名。他与作家哈康·俄雷奥斯共同创作的《棕色侠》一书在整个北欧乃至全世界掀起了一股棕色旋风,版权售出十余种语言。

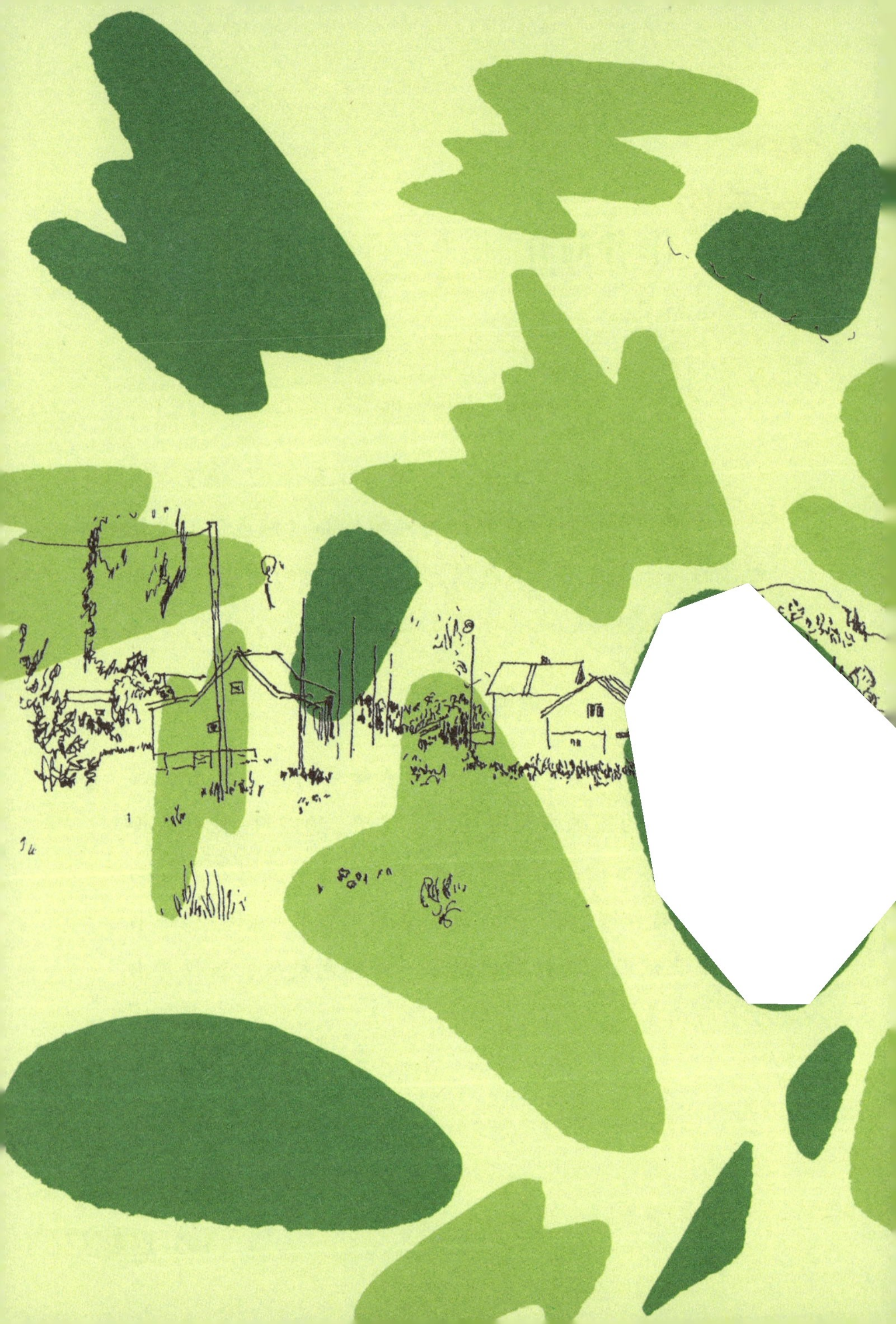

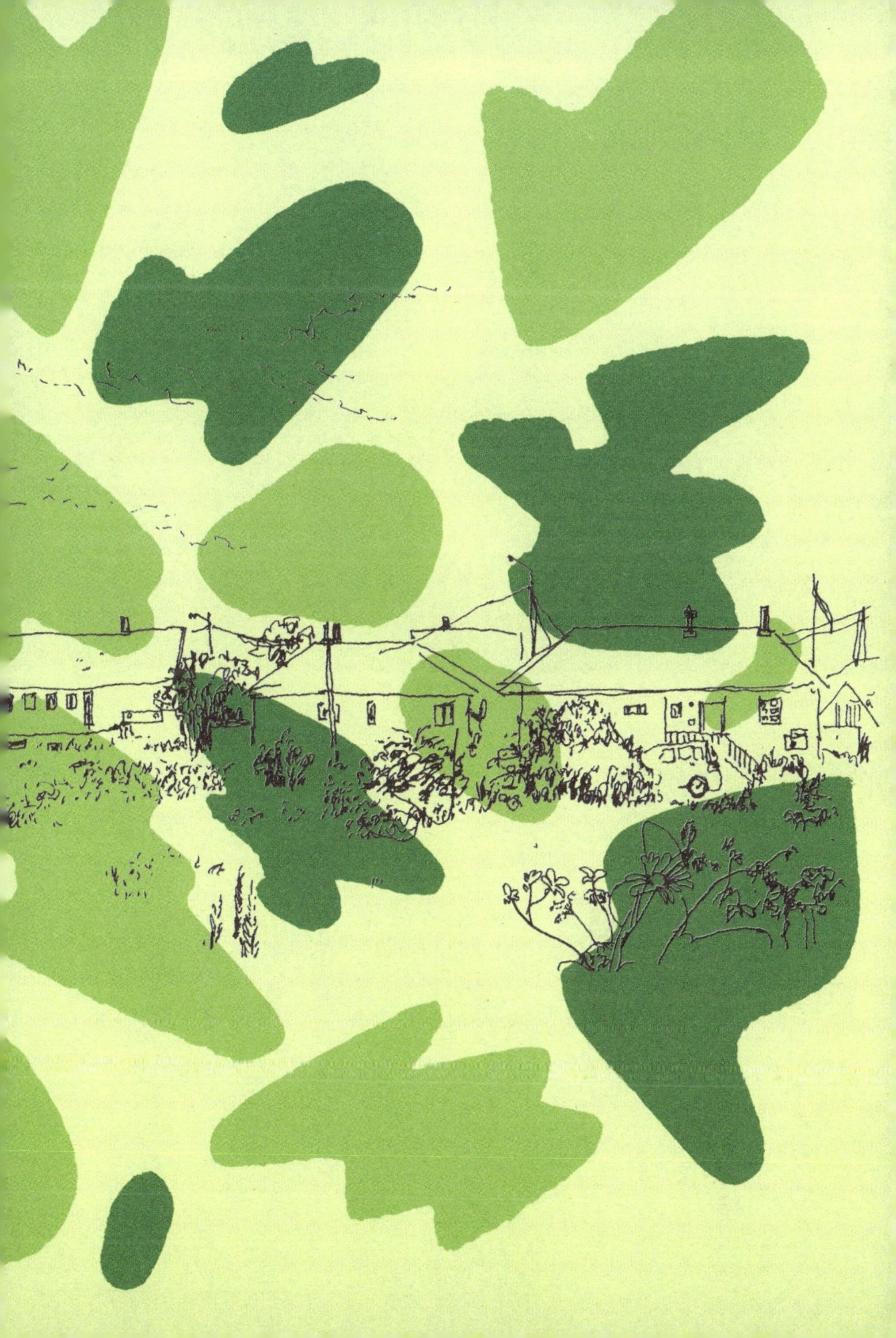